멋진 인생을 보내고 싶다면

1. 지나간 것은 신경 쓰지 말고
2. 화내지 않도록 노력하고
3. 항상 현재를 즐기고
4. 특히 아무도 미워하지 말고
5. 내일 일은 신에게 맡길 것

12월

31

끝없는 욕망

**그는 어떤 쾌락에도 흡족해하지 않고,
어떤 행복에도 만족하지 않고,
끝없이 원하는 것을 추구했던 남자였다.**

《파우스트》 제2부

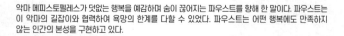

악마 메피스토펠레스가 덧없는 행복을 예감하며 숨이 끊어지는 파우스트를 향해 한 말이다. 파우스트는 이 악마의 길잡이와 협력하여 욕망의 한계를 다할 수 있었다. 파우스트는 어떤 행복에도 만족하지 않는 인간의 본성을 구현하고 있다.

요한 볼프강 폰 괴테

독일 최대의 문호.
시인이자 소설가, 극작가, 과학자이며 정치가.

1749년 8월 28일 프랑크푸르트암마인에서 황실 고문관인 아버지와 시장의 딸인 어머니 사이에서 태어났다. 약혼자가 있는 샤를로테와의 이루지 못한 사랑을 소재로 삼은 《젊은 베르테르의 슬픔》 (1774)은 당시 젊은 세대에게 큰 공감을 불러일으키며 출간되자마자 세계적인 베스트셀러가 되었다. 1775년 카를 아우구스트 대공의 초청으로 바이마르 공국의 국정을 책임지며 교육, 재정, 건설, 군사 등 여러 분야의 행정관으로 10여 년을 보냈다. 바쁜 공무 중에도 꾸준히 작품을 발표했고, 식물학, 광물학 등 과학에도 관심을 기울였다. 필생의 대작 《파우스트》(1831)를 탈고한 이듬해인 1832년 여든세 살의 나이로 생을 마쳤다.

12월

30

최고의 순간

시간이여 멈춰라, 넌 얼마나 아름다운가.
내가 이 세상에서 살아온 발자취는
앞으로 영원히 멸망하지 않는다.
그런 덧없는 행복을 예감하며,
지금 나는 최고의 순간을 맛본다.

《파우스트》 제2부

"시간이여 멈춰라, 넌 얼마나 아름다운가."라고 말한 순간, 파우스트는 절명하고, 그 영혼은 메피스토펠레스의 것이 된다는 게 두 사람이 맺은 계약이었다. 최고의 순간과 함께 이생이 끝난다면 그것이야말로 최고가 아닐까.

1월

01

행복

어린아이처럼
하루하루를 살아가는 사람이야말로
가장 행복하다.

《젊은 베르테르의 슬픔》

"내일 걱정은 내일에 맡겨라. 하루의 괴로움은 그날 겪는 것만으로도 충분하다."라고 〈마태복음〉에
쓰여 있다.

29

자기 고백

내가 써온 것은
모두 커다란 고백의 단편에 불과하다.

《시와 진실》

무엇을 쓰고 이야기하든지, 어느새 자신이 체험한 것이나 항상 생각 중인 것과 관련되어 있음을 깨달을 때가 있다. 누구나 자신에 대해서 이야기하고 싶어 한다.

02

베르테르

그 소설은
폭탄 그 자체다.
다가가기가 무섭다.
그걸 썼던 심리 상태를
다시 느끼게 될까 두렵다.

에커만 《괴테와의 대화》

1824년 이날의 말. 《젊은 베르테르의 슬픔》은 연애 소설이면서 젊은이의 정신적 위기를 그린 소설이다. 괴테는 출판 10년 후에 딱 한 번 읽었고, 그 후에는 다시 읽지 않으려고 주의했다.

28

술

우리는 모두 취해야 한다!
청춘은 술이 없는 도취다.
노인도 술을 마시면 젊어진다.
취기에는 신기한 공덕이 있다.
근심은 인생의 동반자,
그 근심을 없애는 것이 술.

《서동시집》

근심이 인생의 동반자인 것처럼 술도 인생의 동반자다. 단, 어떤 동반자가 될지는 본인에게 달려 있다.

1월

시적 재능

내 안에 있는 시적 재능은 온전히 타고났다.
외적인 자연을 내 시적 재능의 대상으로 보는 게
습관이 되어 더더욱 그러했다.
시적 재능은 오히려 무의식중에, 의지가 아닐 때,
가장 풍부하게 나타났다.

《시와 진실》

괴테가 처음 쓴 시는 일곱 살 때 할아버지에게 쓴 새해 축하 시다. 그 시대에 시 쓰는 아이는 드물지
않았지만, 그가 '타고난 시인'인 이유는 평생 시를 썼다는 데 있다.

12월

27

최대의 고난

최대의 고난은,
예상하지 못한 곳에 숨어 있다.

《빌헬름 마이스터의 편력시대》

예상했던 것이라면 그것은 이미 고난이 아니다. 예상하지 못한 것에 대한 대비야말로 최선의 대비다.
'천재지변은 잊어버렸을 때 찾아온다.'는 말도 있다.

04

장점

**타인의 장점에 대해 생각하는 게 습관 되면,
자기도 모르는 사이에
저절로 자신의 장점도 알게 되는 법이다.**

《빌헬름 마이스터의 수업시대》

무엇을 생각하고 있는지가 그 사람의 됨됨이를 완성한다. 항상 좋은 생각만 하는 사람은 좋은 사람,
나쁜 생각만 하는 사람은 나쁜 사람이 된다.

12월

26

대자연의 전망

좁은 집구석에만 있으면
인간은 위축되기 마련이다.
여기로 오면 눈앞에 있는 대자연처럼,
마음이 넓어지고 여유로워진다.
본래 인간은 이렇게 있어야 한다.

에커만 《괴테와의 대화》

산 위에서 바이마르와 이를 둘러싼 산과 계곡을 내려다보며 한 말이다. 에머슨은 "눈 건강을 위해서는
지평선이 필요한 것 같다. 먼 곳을 실컷 볼 수 있는 한 피로해지지 않는다."고 말했다. 마음의 건강도
마찬가지다.

1월

05

집필 요법

나를 기쁘게 하고, 힘들게 하고,
그 밖에 내 마음을 흔들었던 것을
하나의 형상, 하나의 시로 바꿔,
이를 통해 나 스스로 결론을 내리고,
마음을 진정시키는 성향은,
평생 사라지지 않았다.

《시와 진실》

《젊은 베르테르의 슬픔》을 쓴 것도 자신의 체험을 정리하고 정신적 위기에서 탈출하기 위함이었다.
창작으로 마음을 진정하려 한 '집필 요법'이었던 셈이다.

12월

25

사랑스러운 자식

기쁨이란, 가슴을 두근거리며
처음 사랑을 고백하는 연인을, 이 팔로 꼭 껴안는 것.
그것보다 더 큰 즐거움은, 사랑하는 어머니의 배 속에서
자라나 약동하는 새 생명의 고동을 느끼는 것.
매일같이 자라나는 사랑하는 자식이여,
너를 만든 것은 사랑이다.
너에게도 사랑이 가득하기를!

시 〈베네치아 경구〉

1789년 이날, 장남 율리우스 아우구스트 발터가 탄생했다. 크리스티아네는 네 명을 더 낳는데, 모두
요절했다. 아우구스트라는 이름은 바이마르공화국 카를 아우구스트 대공이 명명했다.

1월

06

고독

고독은 좋은 것입니다.
나 자신과 평화롭게 살아가며
무언가 해야 할 일을 확고하게 갖고 있다면.

슈타인 부인 앞으로 보낸 편지

1827년 이날, 슈타인 부인 서거. 슈타인 부인은 바이마르공화국의 장관 폰 슈타인의 아내로, 괴테는 일곱 살 연상인 그녀에게 정신적인 사랑을 바치고 그녀를 마음의 지주로 삼았다.

12월

24

행복

나는 몇 번이고 길을 잃고, 이윽고 다시 길을 발견했다.
하지만 이렇게 행복했던 적은 없다.
이제 이 여자야말로 나의 행복이다!
이것이 마음의 미혹이라고 해도,
지혜로운 신이여, 나를 불쌍히 여기시어,
미혹에서 눈뜨는 날은 황천으로 내려간 후로 해주시길!

시 〈베네치아 경구〉

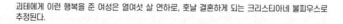

괴테에게 이런 행복을 준 여성은 열여섯 살 연하로, 훗날 결혼하게 되는 크리스티아네 불피우스로
추정된다.

07

나이별 철학

마음에 폭풍 같은 열정을 안고 있는
청년은 관념론자가 된다.
자기가 선택한 길이 옳은지를 의심하는
장년은 회의론자가 된다.
세상에는 우연의 지배를 받는 것,
부조리한 것이 많이 있다는 사실을 알게 된
노년은 신비주의자가 된다.

《잠언과 성찰》

신비주의는 설명이 되지 않는 부분이 있어도 이상할 게 없다는 관점이다. 설명되지 않는 것이야말로
가장 흥미로운 게 아닐까.

12월

23

화석

어디에나 태고의 역사가 있다. 도처에서 태고의 해저를 만난다.
여기 꼭대기에서 바이마르와 여러 마을을 내려다보노라면
이 풍경이 마치 기적처럼 여겨진다. 저 아래쪽 계곡에서
고래가 헤엄치던 시대가 있었기 때문이다. 그때 이 산을 뒤덮은
넓은 바다 위를 날던 갈매기는 오늘 우리가 이곳을
마차를 타고 지나가리라고는 꿈에도 생각지 못했을 것이다.

에커만 《괴테와의 대화》

괴테는 화석 수집가이기도 했다. 마차로 산길을 오르던 도중 조개껍데기 화석을 발견하고 에커만에게
이곳도 옛날에는 바다였다고 감개무량하며 말한다.

08

체험

《친화력》에
내가 체험하지 않은 것은 단 한 줄도 없지만,
동시에,
단 한 줄도 체험 그대로는 아니다.

에커만 《괴테와의 대화》

장편소설 《친화력》은 두 쌍의 부부가 인간의 마음을 잡아끄는 힘(친화력)의 작용으로 '불륜관계'로
들어선다는 이야기다. 작가와 작품의 관계는 위의 말 그대로다.

12월

22

고민

어째서 그런 심각한 얼굴을 하고,
세상일로 끊임없이 고민하는가.
명랑함과 순수함만 있으면,
결국에는 잘될 것이다.

격언 시

인간은 비관주의자와 낙관주의자, 두 종류로 분류된다. 젊은 시절 괴테는 전자의 경향이 강했지만,
만년에는 후자의 입장에서 한 말이 많다. 나이가 들면서 낙관주의자가 되는 것은 행복한 일이다.

1월

09

노력

인간은 노력하는 한,
방황하는 법이다.

《파우스트》 제1부

나그네는 올바른 길을 찾아 헤맨다. 인생은 이런 일의 반복이다. 아무것도 하지 않으면 헤맬 일도 없다.

12월

21

노력과 행복

인간이라는 존재는,
마음껏 노력하여
자신의 힘을 다 쓸 때까지는
결코 행복해질 수 없다.

《빌헬름 마이스터의 수업시대》

괴테의 평생 모토는 '노력'이다. 자기 자신을 성장시키고, 향상하는 노력 끝에 행복이 있다. 노력했을 때
비로소 행복감을 맛볼 수 있다.

1월

10

의견과 행동

의견이 완전히 일치하는지 아닌지를 묻기보다
같은 의도로 행동하는지 아닌지를 물어라.

《잠언과 성찰》

조직의 중요한 원리다. 만장일치는 드물다. 무엇을 향해, 무엇을 해야만 하는지가 일치하면 된다.
중요한 것은 어떤 의견을 가졌는가가 아니라 어떻게 행동하는가다.

20

독창적

현대의 가장 독창적인 저작가는,
뭔가 새로운 것을 만들어내기 때문에
독창적이라고 불리는 것이 아니다.
그들이 독창적인 이유는 바로 같은 것을
마치 지금까지 한 번도 이야기되지 않았던 것처럼
이야기할 수 있기 때문이다.

《빌헬름 마이스터의 편력시대》

인간은 항상 같은 것을 이야기하고 있다. 시대에 따라 이야기하는 사람이나 듣는 사람이 달라지면,
이야기하는 방법이나 듣는 방법도 달라질 것이다. 각각의 시대에 각각의 감동이 있고 독창성이 있다.

1월

11

불만

증오는 능동적인 불만이고,
질투는 수동적인 불만이다.
따라서 눈 깜짝할 사이에 질투가
증오로 바뀌는 것도 놀랍지 않다.

《잠언과 성찰》

타인에 대한 과도하고 비뚤어진 관심에서 생겨나는 것이 증오와 질투다. 왜 타인에게 불필요한
관심을 둘까. 바로 자기 자신에 대해 생각하고 싶지 않기 때문이다. 그렇게 나에 대한 불만을 타인에게
향하게 하는 것이다.

19

진실한 행복

사랑스러운 릴리의 모습이 생생히 눈앞에 떠오른다.
바로 그녀가 내가 마음속 깊은 곳에서부터
진심으로 사랑한 최초의 여자였다.
또 최후의 여자였다고도 할 수 있다.
릴리를 사랑했던 시절만큼
진실한 행복에 가까웠던 때는 없었다.

에커만 《괴테와의 대화》

가장 노년인 여든 살 때의 고백이다. 그녀와의 만남에서 약혼, 그리고 약혼 취소까지 약 10개월간의
교제였지만, 그녀와의 이별이 고향 프랑크푸르트를 떠나 바이마르로 부임한 큰 요인이 되었다.

1월

12

3대 교사

린네를 다시 읽고 이 비범한 인간에게 경탄했습니다.
식물학에 그치지 않고
그에게 끝없이 많은 것을 배웠습니다.
셰익스피어와 스피노자를 제외하고,
이렇게 많은 영향을 받은 사람은 없습니다.

체르터 앞으로 보낸 편지

린네는 생물 분류법을 확립한 스웨덴의 박물학자다. 스피노자는 자연 속에 신이 깃든다는 '범신론'
을 주장한 네덜란드의 철학자다. 극작가 셰익스피어까지 포함, 이들이 괴테의 3대 교사다.

12월

18

자기

너 자신을 알라고 하는데
그래서 무슨 이득이 있을까?
자기를 알면
바로 그 자기를 뛰어넘고 싶어질 것이다.

격언 시

자기의 본래 모습을 알면 몇 가지 대응을 생각할 수 있다. 하나는 자기혐오, 여기에서 도망치려면 그런
자기를 고치든가 뛰어넘을 수밖에 없다. 그 외에 자기만족이라는 무난한 대응도 있다.

1월

13

무관심

자신에 대한
칭찬이나 비방, 애증에는
무관심한 태도를 보이는 것이
그녀의 신조였다.

《친화력》

타인이 나에 대해 어떻게 생각하고, 어떻게 느끼고 있는가를 일일이 신경 쓰다 보면 마음이 쉴 틈이
없다. 설사 그것을 안다고 한들 아무런 도움도 되지 않는다.

12월

17

고독

**미와 선만이 지배하는 곳,
고독으로 돌아가라!
그곳에서 네 세계를 만들라!**

《파우스트》 제2부

괴테가 이렇게 쓰고 나서 약 반세기 후 철학자 니체는 《자라투스트라는 이렇게 말했다》에 "오오, 고독이여! 넌 나의 고향이다! 고독이여!"라고 썼다.

14

어리석은 행동

산과 계곡을 넘어
어리석은 행동을 거듭하여
겨우 평지로 돌아왔지만,
너무나도 광활하여
금세 길을 잘못 든 탓에
다시 산으로 헤매 들어간다.

풍자시집 《온순한 크세니엔》

괴테가 《온순한 크세니엔》을 쓴 것은 일흔 살을 넘기고 나서다. 괴테는 몇 번이고 자신의 산으로
헤매 들어갔던 것이 틀림없다. 나이가 들어도 자성은 끝나지 않는다.

12월

16

운명

운명을 거슬러서도 안 되고,
도망쳐서도 안 된다!
운명과 맞서면,
그사이 운명도 친절해진다.

《경구집》

도망갈 수 없는 것, 그것이 운명이다. 거스르거나 도망치는 것은 무익하다. 운명을 받아들이고, 그것에
따르는 것이 최선이다.

1월

15

암송

나는 매일 일반 관람석에 앉아 외국 연극을 구경했다.
무대에서 들리는 이야기를 전혀 이해할 수 없었지만, 몸짓과
대사의 리듬은 즐겼다. 어느 날에는 라신느의 희곡을 손에 들고
무대에서 연기하는 흉내를 내며 내 귀가 들은 대로 낭독했다.
의미는 알 수 없었지만, 똑같이 암기하고 철저하게 말을 배운
앵무새처럼 암송했다.

《시와 진실》

괴테는 자신에게 말의 여운이나 리듬 등을 재빨리 습득하는 '타고난 재능'이 있다고 서술했다.

12월

15

상담

누구에게나 상담하는 사람은
그 누구의 말도 듣지 않는다.
연이어 다른 인간이 나타나
다양한 것을 말할 뿐.
모든 것은 마이동풍.
영문을 알 수 없게 될 뿐.

《경구집》

상담하는 것 자체를 즐기는 사람이 있을지도 모른다. 그런 사람은 상대방의 친절한 조언을 건성으로 듣는다. 분명, 괴테도 이런 경험을 했을 터다.

1월

16

결점

어떤 종류의 결점은,
그 사람이 존재하는 데
없어서는 안 될 요소이다.

《친화력》

결점과 장점 모두 포함하여 한 인간이 성립된다. 결점이나 장점 중 어느 것 하나라도 없애면 이미 그 사람은 그 사람이 아니게 된다.

14

병

의사와 똑같이 병에 대해 알았다면, 모든 병자는 절망할 수밖에 없다.

《서동시집》

세상에는 몰라도 되는 일, 오히려 모르는 게 나은 일이 적지 않다. 그것을 알고 싶다면, 절망에도 굴하지 않을 각오가 필요하다.

1월

17

연극

빌헬름은 밤 늦게까지 거리를 산책하면서
선한 것, 고귀한 것, 위대한 것을
연극을 통해 사람들의 눈앞에
생생하게 보여주고 싶다는 오래된 바람을
이런저런 상상력을 전개하며 계속 좇고 있었다.

《빌헬름 마이스터의 수업시대》

1791년 이날, 궁정극장 감독에 취임. 이는 어릴 적부터 연극에 흥미를 지닌 괴테 자신의 바람이기도
했다. 관리로 일했던 바이마르에서 가장 힘을 쏟았던 것은 궁정극장에서의 작품 상연이었다.

12월

13

자연과 신

세계를 내부에서 움직이는 것이야말로
신에게는 걸맞은 일.
자연은 신 안에서 파괴되고 신은 자연 안에 있다.
이렇게 신 안에 살고, 움직이고, 존재하는 자는,
신의 힘, 신의 정신을 놓치지 않는다.

시 〈신과 마음과 세계〉

신은 자연 안에 널리 존재하고, 자연의 일부인 인간 안에도 당연히 존재한다. 이것이 괴테의 종교관이다.
인간의 선량함은 그 발현이다.

1월

18

독일 통일

'나는 독일이 통일되지 않는 게 아닐까?'라고
걱정하지 않는다. 무엇보다 사랑으로 통일되어
항상 외적에 맞서 단결했으면 한다.
독일 통화가 전국에서 동일한 가치를 갖길 바란다.
또 내 여행 가방이 총 36개국을 지날 때마다
검열 없이 통과하길 바란다.

에커만 《괴테와의 대화》

괴테가 이렇게 말한 것은 1828년인데, 1815년에 조인된 '독일연방규약'에는 35개의 제후국과 4개의
자유도시가 첨가되었다. 그리고 1871년 이날, 프로이센 국왕이 독일 황제가 되고 독일 통일이 실현되었다.

12월

12

부정적

부정적인 것은 아무 도움도 되지 않는다.
나쁜 것을 나쁘다고 한들,
도대체 무엇을 얻을 수 있단 말인가.

에커만 《괴테와의 대화》

인간은 두 종류로 분류된다. 칭찬하는 것을 좋아하는 사람과 비방하는 것을 좋아하는 사람. 전자는
긍정적인 인간이고, 후자는 부정적인 인간이다. 대부분, 양자의 차이는 얼굴 생김새 등에도 나타난다.

19

경험

소년 시절, 친구들이 괴롭히거나 여러 가지
불쾌한 경험을 했지만 거기서 얻은 교훈이 있다.
어떤 경험이든 간에 자신이 특별히 불행한 인간이라든가
행복한 인간이라는 식으로 생각하면 안 된다는 것이다.
이 교훈은 우리가 어떤 처지에도 순응하고, 견디고,
그것을 극복하는 것을 배우는 데 도움이 된다.

《시와 진실》

행복할 때가 있으면 불행할 때도 있다. 늘 불행한 사람이나 행복한 사람은 정해져 있지 않다.

11

인력

여전히 두 사람은 말로 표현할 수 없는,
거의 마술적이라고도 할 수 있는 인력을
서로에게 끼치고 있었다.
한 지붕 아래 사는 두 사람은 어느새 서로를 끌어당겨,
정신을 차리면 나란히 서 있거나
의자에 앉아 있곤 했다.

《친화력》

괴테는 인간과 인간을 끌어당기는 힘을 '친화력'이라고 부르고, 이것을 장편소설에 그렸다. 두 남녀는
함께 같은 시기에 단식으로 숨이 끊어지고 같은 무덤에 묻힌다.

1월

유행

노인에게 걸맞은 것은,
생각이든 복장이든,
유행을 좇지 않는 것이다.

《잠언과 성찰》

괴테는 이 말에 이어 자신이 어디에 서 있는지, 또 타인은 어딜 향해 있는지를 알아야만 한다고
말한다. 아무리 나이가 들어도 자신이나 타인 모두에게 무관심하면 안 된다.

12월

10

교사

돌은, 말하지 않는 교사다.

《빌헬름 마이스터의 편력시대》

돌은 아무 말도 하지 않는다. 그러나 달변이다. 지질학자가 조사하면 그것이 옛날 해저에서 만들어졌거나 혹은 화산에서 분출되었음을 알 수 있다. 무언의 돌을 달변의 교사로 만드는 여부는 학생에게 달렸다.

1월

21

군자

자신의 영역에서 최선을 다하라.
그럼 다른 일은 저절로 잘 풀리게 된다.

격언 시

자신만의 독자적인 전문성을 가지며 자신감 있게 살아가는 것이야말로 제 몫을 다하는 사람이다.
그런 자립적인 인간을 공자는 '군자'라고 부르고, 영국인은 '신사'라고 부른다.

12월

09

낭독

괴테의 낭독을 듣는 것은 정말이지 독특한 즐거움이었다.
내가 그때까지 몰랐던 괴테의 지극히 중요한 일면이
그 낭독을 통해 전해졌기 때문이다.
이 얼마나 자유자재로 변하는 목소리와 강인함인가!
주름투성이의 커다란 얼굴은
얼마나 표정이 풍부하고 생생했던가!
또 저 눈은 어떻고!

에커만 《괴테와의 대화》

미발표 시를 낭독하는 괴테에 대해 에커만이 한 말이다. 시나 소설은 사교 회합의 자리에서 작가 자신이
낭독하여 발표하는 경우가 많았다. 문장은 우선 눈으로 읽는 것이 아니라 귀로 듣는 것이다.

1월

22

클래식과 로맨틱

나는 건강한 것을 클래식,
병적인 것을 로맨틱이라고 부르고자 한다.
대개 현대 작품이 로맨틱한 것은 새롭기 때문이 아니라
약하고, 병적이고, 허약하기 때문이다.
고대 작품이 클래식한 것은 오래되었기 때문이 아니라
강력하고, 밝고, 건강하기 때문이다.

에커만《괴테와의 대화》

이 분류를 괴테 자신에 적용해보면《젊은 베르테르의 슬픔》등 청년 시절에 쓴 작품은 로맨틱,
《이탈리아 기행》이나《파우스트》등 만년에 쓴 작품은 클래식하다고 할 수 있다.

12월

08

낭독

어떤 배우도
아니, 교양 있는 인간이라면 누구라도,
책을 읽고, 희곡이든 시든 소설이든,
금세 그 성격을 수용하여,
멋지게 낭독하는 연습을 해야 한다.

《빌헬름 마이스터의 수업시대》

괴테의 시대에는 멋지게 낭독하는 것이 중요한 교양 중 하나였다. 눈으로 들어온 것보다 귀로 들어온
것이 기억에 깊숙이 남는 듯하다.

1월

23

열정

우리의 열정은 마치 불사조 같다.
오래된 열정을 모조리 불태우자마자,
잿더미 속에서,
새로운 열정이 다시 솟아오른다.

《친화력》

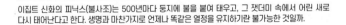

이집트 신화의 피닉스(불사조)는 500년마다 둥지에 불을 붙여 태우고, 그 잿더미 속에서 어린 새로
다시 태어난다고 한다. 생명과 마찬가지로 언제나 똑같은 열정을 유지하기란 불가능한 것일까.

낭독

우리는 가족끼리 책을 낭독하며 긴 겨울밤을 보내곤 했는데,
모두가 지루해했으며 맨 처음에 하품하는 것이
아버지 자신이어도 맨 마지막까지 다 읽어야 했다.
지금도 종종 그 겨울밤을 떠올린다.
그때는 완전히 건성이었지만, 그 낭독에서 많은 것이
기억에 남아 훗날 도움이 되었다.

《시와 진실》

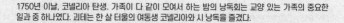

1750년 이날, 코넬리아 탄생. 가족이 다 같이 모여서 하는 밤의 낭독회는 교양 있는 가족의 중요한
일과 중 하나였다. 괴테는 한 살 터울의 여동생 코넬리아와 시 낭독을 즐겼다.

1월

24

매너리즘

서푼짜리 주관적 감상을 토로하는 사람은 시인이 아니다.
세계를 내면에서 소화해 표현할 수 있어야
비로소 시인이라 할 수 있다.
그러면 신선함을 유지할 수 있다.
반면, 주관적인 사람이 보잘것없는 내면에 천착하면
결국 매너리즘에 빠져 자멸하고 만다.

에커만 《괴테와의 대화》

같은 일의 반복으로 신선함이 없는 게 매너리즘이다. 원래 인간의 일생은 그런 법이다. 매너리즘에서
빠져나오려면 외부 세계로 눈을 돌릴 수밖에 없다.

12월

06

법칙

너는 자신의 내부에
하나의 중심을 발견할 것이다.
고상한 사람이라면 그것을 의심하지 않는다.
거기에는 법칙이 엄존한다.
자립한 양심이야말로
네 도덕의 낮을 밝히는 태양인 것이다.

시 〈유언〉

인간을 움직이는 법칙이란 무엇을 하면 안 되는가, 무엇을 해야 하는가라는 '도덕률'이다. 인간 마음의
중심에 존재하는 그것을 철학자 칸트는 머리 위에 빛나는 별과 대비시키며 '내 안의 도덕률'이라고
불렀다.

1월

25

회색 이론

이보게, 알겠나.
모든 이론은 회색이고,
푸르른 것은 생명의 황금나무라네.

《파우스트》 제1부

대학에서 무엇을 배우면 좋을지 망설이며 의학은 어떨까 하고 상담하는 학생에게 메피스토펠레스가
한 말이다.

05

영원

어떤 것도 멸망하여 무로 돌아가진 않는다!
영원한 것이 모든 것 안에 계속 활동한다.
스스로의 존재를 축복하라!
존재하는 것은 영원하다.
삼라만상을 장식하는 불멸의 보석은,
법칙에 의해 지켜지고 있기 때문이다.

시 〈유언〉

불멸의 보석을 지키는 '법칙'이란 '엔텔레히'다. 만년의 괴테는 이 우주를 움직이는 근원적인 힘에 대해
자주 이야기했다. 적어도 천체를 움직이고 생명을 품는 '법칙'이 존재하는 것은 틀림없다.

1월

26

탐구심

나는 아주 어렸을 때부터 자연의 사물에 탐구심을 느꼈다.
꽃잎이 꽃받침에 어떻게 붙어 있는지 보려고 꽃을 따거나,
깃털이 날개에 어떻게 달려 있는지 관찰하려고 새의 날개를
쥐어뜯었던 것을 기억한다. 아이들의 이런 행동은
잔인성이라기보다 사물의 내부를 알고자 하는
호기심이나 지식욕의 발현이다.

《시와 진실》

탁상시계 등을 분해하는 것은 '과학소년'으로 가는 첫걸음이다.

12월

04

엔텔레히Entelechie

나는 우리의 영생에 대해 의심하지 않는다.
자연이란 엔텔레히 없이는 존재할 수 없기 때문이다.
그러나 우리 모두가 불사不死라는 것은 아니다.
미래에 하나의 위대한 엔텔레히로 나타나려면
현재도 하나의 엔텔레히여야만 한다.

에커만 《괴테와의 대화》

'엔텔레히'는 어떤 방향을 향해 살아 있는 힘, 영성靈性을 의미한다. 간단히 말하면 활동력이다. 그런 것이 자연스럽게 또 인간에게도 내재되어 있다고 괴테는 생각했다. 이 세상에서 충분히 활동해야 비로소 내세가 있다.

1월

27

암기

나에게는 항상 책이나 글의
첫 문장을 암기하는
좀 특이한 습관이 있었다.
모세오경으로 시작해 《아이네이스》와
《변형담》을 암기하고, 나아가서는
〈금인칙서〉에 이르렀다.

《시와 진실》

뛰어난 문장의 암기는 표현력과 사고력을 높인다. 〈금인칙서〉는 14세기 후반, 신성로마제국 황제 카를 4세가 발포한 법령이다.

12월

03

천재

천재적인 인물에게는 특별한 사정이 있다.
다른 사람들에게 청춘은 한 번밖에 없지만,
천재는 반복적으로 찾아오는 사춘기를 경험한다.

에커만 《괴테와의 대화》

천재란 다른 누구도 다다르지 못했던 것을 발견하고 발명하는 창조력의 소유자다. 그런 창조력의 원천은
바로 '젊음'이다. 반대로 말하면, 누구에게나 한 번은 있는 사춘기가 바로 천재가 될 기회인 것이다.

28

자석

어린 시절, 아름다운 진홍색 나사에 꿰매진 자석이
몹시 호기심을 자극했다. 자석은 부속 철봉을 끌어당기는
신기한 힘을 발휘했으며, 점차 그 힘이 강해지면서
하루하루 더 무거운 것을 견딜 수 있는 성질을 갖고 있었다.
나는 이 신비한 작용에 완전히 매료되어
놀라움을 금치 못했다.

《시와 진실》

아인슈타인은 어렸을 때, 손에 쥔 자석으로 인해 우주의 신비에 눈을 떴다고 한다.

12월

02

반복

인생의 쾌적함의 근원은
외적인 모든 것의 규칙적인 반복이다.
낮과 밤, 계절, 개화와 결실의 반복, 기타 각각의 시기에 따라
나타나 우리를 즐겁게 하는 것, 그것이야말로
이 지상 생활에서의 원동력이다.
이 기쁨을 향해 마음이 열려 있을수록
우리는 더 많은 행복을 느낀다.

《시와 진실》

인간을 포함하여 지구상의 모든 생명을 지탱하고 있는 것은 규칙적으로 태양의 주위를 움직이는 지구의
운행이다. 매일 똑같이 반복되는 인간의 생활도 계절의 변화도 모두 거기에 뿌리를 두고 있다.

1월

29

씨실과 날실

지금까지 나는 다양한 사람의 전기를 읽었는데,
그 결과 다음과 같은 생각에 미쳤다.
세계라는 직물 속에는
씨실로 여겨지는 사람과
날실로 여겨지는 사람이 있다.

에커만 《괴테와의 대화》

후세까지 큰 영향을 주는, 가령 소크라테스나 예수 같은 인물이 날실. 한 시대에 일시적인 영향을 준,
가령 페리클레스나 네로 황제 같은 인물이 씨실이라고 생각하면 어떨까.

12월

01

습관

나는 세상에서 여러 가지 일을 해왔지만,
항상 같은 것을 발견했다.
바로 습관 속에,
인간에게 둘도 없는 쾌락이 있다는 것을.

《빌헬름 마이스터의 편력시대》

인간은 무엇으로 사는가? 라고 하면 습관에 의해서다. 대부분의 사람은 이변이 없는 한 어제와 마찬가지로
오늘을 살고, 내일도 아마 오늘과 마찬가지로 살아갈 것이다. 그 반복이 유쾌한 것이다.

1월

30

영혼의 새벽

햇빛 같은 건 사라져도 좋다.
영혼 안에서 날이 밝으면,
세상 어디에도 없는 것이,
자기 마음속에서 발견된다.

《파우스트》제2부

가난한 나무꾼의 자식 치르치르와 미치르는 병든 딸을 위해 행복의 파랑새를 찾아와 달라는 마녀의
부탁을 받고 '빛'의 안내를 받아 여행을 떠난다. 하지만 어디에서도 파랑새를 찾을 수 없어 집으로
돌아오니 기르던 새가 파랑새로 변해 있었다.

11월

30

고독

공적인 활동 등을 삼가고
좀 더 고독하게 살 수 있었다면
좀 더 행복했을 것이고,
시인으로 훨씬 많은 일을 했을 것이다.

에커만 《괴테와의 대화》

괴테가 일흔다섯 살 때 한 말이다. 그가 모든 공무에서 해방된 것은 60대 중반이 된 후였다. 모든 창조적인 일에 고독은 필수적이다.

1월

31

한 달간의 행복

사람들은 나를 행복을 타고난
특별한 인간이라고 칭찬했다. 불평할 마음도 없고,
내 인생행로에 트집을 잡고 싶지도 않다.
그러나 실제로 내 인생은 고생과 노동뿐이었다.
75년 동안 정말 행복했던 때는
한 달도 되지 않았다고 해도 좋다.
굴러떨어지는 돌을 끊임없이 밀어 올리는 것만 같았다.

에커만《괴테와의 대화》

제우스의 노여움을 산 시시포스는 영겁의 세월 동안 가파른 언덕 위로 바위를 굴려 올려야 하는
숙명을 부여받았다. 프랑스의 작가 카뮈는《시시포스 신화》에서 그것이 바로 인간의 실존(인생)이
라고 말했다.

11월

29

예술

예술은 세속을 피하는
가장 확실한 방법이며,
또,
예술은 세속과 자신을 연결하는
가장 확실한 방법이기도 하다.

《잠언과 성찰》

캐나다의 명 피아니스트 글렌 굴드는 스물세 살 때 미국에서 데뷔했고, 독창적인 연주로 높은 평가를 받았다. 그러나 8년 후에 콘서트 활동을 그만두고, 이후 스튜디오 녹음에 전념하며 꾸준히 세상을 향해 음악을 보냈다. 그것이 세계와 자신을 연결하는 가장 좋은 방법이라고 생각했기 때문이다.

2월

01

베르테르

나는 살았다,
사랑했다,
그리고 많이 고민했다.
그것이 저 소설이다.

에커만 《괴테와의 대화》

1774년 이날 기고하여 4월에 완성한 '저 소설'은 작자 괴테의 이름을 유럽 전역에 널리 알리고, 지금도 여전히 읽히고 있는 《젊은 베르테르의 슬픔》이다. 프랑스 소설가 스탕달의 묘비명은 '살았다, 썼다, 사랑했다.'이다.

28

하나의 정신

어떤 대사업이라도 그것을 완성하는 데
필요한 것은,
천 개의 손을 움직이는 하나의 정신이다.

《파우스트》 제2부

하나의 프로젝트를 완성하려면, 전체를 관리하는 두뇌가 필수적이다. 이집트의 피라미드도 마찬가지다.
'손'자국은 남아도 '정신'의 흔적은 사라지고 만다.

02

단검

나는 예리한 단검을 침대 옆에 두고
불 끄기 전에 그 날카로운 칼끝을 2, 3인치
가슴에 찌를 수 있을까 시험한 적이 있었다.
그러나 도저히 그럴 수 없을 것 같아서
그런 자신을 조소하며 모든 우울병적 행위를
그만두고 살기로 했다.

《시와 진실》

《젊은 베르테르의 슬픔》의 소재가 된 실연 경험으로 괴테는 얼마간 자살 망상에 시달렸다. 소설을 씀으로써 망상에서 해방되었지만, 이 소설을 읽고 자살하는 젊은이도 있었다.

11월

27

도덕과 예의

자기 자신을 소중히 여기는 것이
도덕의 지표이다.
타인을 존중하는 것이
예의의 시작이다.

《빌헬름 마이스터의 편력시대》

도덕이나 예의는 타인이 주거나 강요하는 것이 아니다. 인간이 사람들과 섞여 사회 속에서 살아가기
위해 빠뜨릴 수 없는 이 두 가지는 자기 자신의 내부에서 생겨나야 비로소 진짜가 된다.

03

모순

모순이 숲을 이룬 곳이야말로,
가장 마음에 드는 산책로.
여기서 헤맬 권리를 인정하지 않는 것은,
정말 이상한 일.

풍자시집 《온순한 크세니엔》

모순을 두려워하면 안 된다. 세상은 모순투성이다. 모순에 일일이 트집을 잡으면 살아갈 수 없다.
모순의 숲속에서 헤매는 것도 인생 수행의 하나다. 이것도 괴테, 만년의 지혜 중 하나다.

26

나의 것

나는 안다.
나만이 갖고 있다고 말할 수 있는 것은,
내 영혼에서 저절로 넘쳐 나오는 생각과,
운명의 호의가 마음껏 맛보게 해주는
은혜의 순간뿐이라는 것을.

시 〈소유물〉

자신의 마음에서 솟구쳐 나오는 것, 그리고 세계 속에서 자신이 경험하는 것, 이 두 가지는 다른 누구의 것도 아니다. 나만의 것이다. 이것이 괴테 평생의 모토였다.

04

기분의 변화

손바닥을 뒤집듯 내 기분은 금세 변한다.
어쩌다 인생의 즐거운 광경이
눈앞에 떠오를 것 같지만,
그건 한순간일 뿐이다.

《젊은 베르테르의 슬픔》

젊은 날의 괴테는 베르테르처럼 기분 변화가 심했다. 늘 낙관과 비관이 어지러이 교차하고 금세
생각에 잠기는 불안정한 정신 상태였다. 그래서 몸이 안 좋아지는 일도 종종 있었다. 정신과 육체는
연동하는 법이다.

25

걱정

자고로 인간의 마음은,
걱정거리나 불안에 사로잡히는 법입니다.
그것이 실제 불행보다
더 불쾌합니다.

서사시 《헤르만과 도로테아》

재난이나 사고가 눈앞에 있다면, 구체적으로 어떻게 대처할지만 생각하면 된다. 하지만 아직 일어나지
않은 일에는 상상이 앞서 걱정이나 불안이 부풀어 오르기만 한다. 실제 불행보다 그것이 더 마음을
괴롭힌다.

2월

05

성격

나는 무슨 일이든
당장 하는 걸 좋아했다.

《시와 진실》

편지를 받으면 바로 답장을 쓴다. 책상에 앉으면 바로 일을 시작한다. 무슨 일이든 미루지 않는 것이
능력을 키우는 비결이다.

자유의 마음

돌기둥이나 쇠기둥이라도 파괴할 수 있다.
그러나 자유로운 마음을 파괴할 수는 없다.
인간의 내부에서 작용하는
바람이나 노력을 깔아뭉갤 수는 없다.

《에피메니데스의 각성》

《논어》에 "삼군의 장수는 빼앗을 수 있지만, 사나이의 뜻은 빼앗을 수 없다."라는 말이 있다. 대군을 이끄는
장수라도 이를 뺏으려고 하면 뺏을 수 있다. 그러나 한 남자의 의지를 변화시키거나 뺏을 수는 없다.

2월

06

본심

항상 명심해야 한다.
입 밖으로 내는 말에
본심이 드러난다는 것을!

풍자시집 《온순한 크세니엔》

오스트리아 국회의장이 의회 개회에 즈음하여 "이것으로 의회의 폐회를 선언합니다."라고 말했다.
빨리 끝내고 싶다는 게 의장의 본심이었다. 프로이트가 《일상생활의 정신병리학》에서 소개한 실화이다.
'실언'은 본심의 표명이다.

11월

23

감사

뭔가 남에게 신세를 졌다면,
바로 예를 표시하는 것이 좋다!
무언의 정원에 피는 감사의 꽃을
여유롭게 기다리는 사람은 많지 않으니까.

격언 시

편리한 말이 있다. '고마워.'라는 말이다. 이 한마디로 대부분은 일이 마무리된다. 마음을 전하는 것이 '예'의 기본이다.

2월

07

타인의 입장

나를 타인의 입장에 두면,
타인에 대해 종종 느끼는
질투나 증오는 자취를 감출 것이다.
타인을 내 입장에 두면,
우쭐함이나 자만은 잦아들 것이다.

《잠언과 성찰》

타인은 나를 비추는 거울이다. 동시에 나는 타인을 비추는 거울이다. 기회 있을 때마다 이 거울을 들여다보는 것이 좋다.

11월

22

부족

인간을 가장 불쾌하게 하는 것은,
풍요로움 속에 있으면서도,
자신에게 부족한 것을 느끼는 것이다.

《파우스트》 제2부

남아돌 정도의 영토를 획득한 파우스트에게도 손에 넣을 수 없는 장소가 있었다. 노부부가 사는
보리수와 낡은 오두막과 무너져가는 예배당이 있는 언덕이다. 욕심에는 끝이 없다.

2월

08

희망

우리의 감정에서 가장 고귀한 것.
그것은 운명이 우리를
완전한 무無로 떠미는 것 같을 때도,
또다시 살아가려고 하는 '희망'이다.

《문학론》

그리스 신화에서 지상 최초의 여자로 등장하는 판도라는 신들이 선물로 준, 결코 열면 안 된다고
했던 상자를 열고 만다. 모든 불행이 뛰쳐나갔고 마지막 희망만이 남았다. 불행에 대항하기 위한
희망이었다.

11월

21

침묵

"특이한 분이시네,
이 얼굴을 보고 왜 잠자코 계시나요?"
칭찬할 부분이 없으면
아무 말도 하지 않기로 해서요.

풍자시집 《온순한 크세니엔》

침묵을 지키는 것은 상당히 힘들다. 그것을 견디지 못하고 끝내 쓸데없는 말, 마음에도 없는 말을 내뱉고
부끄러워하거나 물의를 일으킬 때가 있다. 침묵할 수 있는 연습도 필요하다.

09

나이 듦

나이 든다는 것 자체가
새로운 일을 시작하는 것이다.
새로워진 상황에서 행동을 완전히 멈춰버리든가
아니면, 의지와 자각으로 새로운 역할을
받아들이든가 둘 중 하나다.

《잠언과 성찰》

아이가 어른이 되고, 청년이 중년이 되고, 중년이 노인이 되는 것은 자연스러운 과정이다. 노인이
되어도 새로운 일을 시작한다고 생각하면 나이가 드는 것도 즐겁다.

20

불완전 인간

식물학자가 '불완전 식물'이라고
부르는 식물의 한 부문이 있다.
이와 마찬가지로 인간에게도 '불완전 인간'이
존재할지도 모른다.
바람이나 노력이 행동이나 실력에
어울리지 않는 사람들이.

《잠언과 성찰》

'불완전 식물'로 분류된 것에 균류가 있다. 식물의 꽃이나 열매에 해당하는 기관이 보이지 않는 곰팡이
등이 여기에 속하고, 또한 우리 주변에 존재하는 푸른곰팡이 등이 이 불완전 균에 포함된다.

2월

10

신문

몇 개월 동안 신문을 읽지 않다가
나중에 한꺼번에 읽어보면
비로소 이런 종잇조각을 상대로
얼마나 많은 시간을 낭비하는지 알 수 있다.

《잠언과 성찰》

1800년경 독일에서는 신문이 약 300종 발행되었다. 괴테는 자신에게 보내온 신문을 방해물로
취급했는데, 가끔은 훑어봤던 것 같다.

11월

19

모토

모토란
그 사람이 갖고 있지 않은 것,
그 사람이 추구하는 것을 가리킨다.
이 사실을 잊지 말자.

《잠언과 성찰》

이미 손에 들고 있는 것을 추구하는 사람은 없다. 달성할 수 있을 것 같지만, 아직 거기까지 도달하지
않은 것을 목표로 삼는 것이 좋다.

11

가설

잘못된 가설도 아예 없는 것보다는 낫다.
가설이 잘못됐다는 것은 전혀 해가 되지 않는다.
그러나 그것이 널리 인정받아
아무도 의심하지 않고 검증도 하지 않게 되면,
수 세기에 걸쳐 피해가 발생한다.

《자연과학론》

기상학을 연구한 괴테는 산의 기후는 산 내부의 역동적인 힘이 지배한다는 가설을 세웠다. 이 가설은
아직 확인되지 않았다. 그러나 가설은 사고를 자극하고 새로운 가설을 위한 계기가 된다.

18

전진

주저하지 마라,
그대 자신이 스스로의 꿈이 되어라.
그리고 여행하는 모든 땅에 감사하라.
더위에도 추위에도 지지 말고,
자신의 세계가 있는 한,
그대에게는 이루어야 할 것이 있다.

격언 시

저 너머에 무엇이 있든, 살아 있는 한 인간은 시간 축 위에서 앞으로 나아가야 한다. 꿈을 잃지 않는 한 누구에게나 이뤄야 할 것이 있다.

2월

12

친구

당신이 어떤 사람을 친구로 삼는지 말해보라.
그럼 나는 당신이 어떤 사람인지 말하겠다.
당신이 무엇에 몰두해 있는지 알면,
당신이 무엇이 될지 알 수 있다.

《빌헬름 마이스터의 편력시대》

"붉은색을 가까이하는 사람은 붉게 물들고 먹을 가까이하는 사람은 검게 물든다."는 옛말이 있다.

17

사랑의 힘

사랑하는 힘도 사랑을 추구할 기력도
쇠퇴하여 잃어버렸을 때가 있었지만,
지금 또 이렇게 즐겁게 계획하고 결의하고,
즉시 실행한다는 희망이 싹텄다!
만약 사랑하는 사람들이
사랑에 의해 힘을 부여받는다면,
나야말로 그 최적의 증인이다.

시 〈열정 3부작-비가〉

영국의 철학자 프랜시스 베이컨은 "지식은 힘이다."라고 말했는데, 괴테는 "사랑은 힘이다."라고
말하고 있다.

2월

13

타인의 불행

진짜 나쁜 사람이 되면
타인의 불행을 즐기는 데에만 관심 두게 된다.

《잠언과 성찰》

남의 소문을 즐기는 것은 위험 신호다. 남의 소문은 대개 비판이나 비난, 험담 등으로 이어지고, 이를 통해 왠지 기분 전환이라도 한 것 같지만 나중에 남는 것은 양심의 가책뿐이다.

11월

16

삶의 활력

높은 성벽처럼 견고한 마음속에서,
나를 지키고 내 안의 그녀를 지키고,
나의 생명을 기뻐하는 것도 오로지 그녀를 위해,
그녀를 생각할 때마다 삶의 활력을 느끼고,
이 기분 좋은 농성 속에서 비로소 자유를 느끼고,
모든 것을 그녀에게 감사하고 마음은 고동친다.

시 〈열정 3부작-비가〉

'그녀'는 일흔을 넘긴 괴테가 만난 열아홉 살 소녀다. 그녀에게 청혼하지만 거절당한 늙은 시인은 깊은
실의에 빠져 1823년 이날, 〈비가〉를 쓰기 시작한다.

2월

14

사랑의 기쁨

나는 마치 신이 성자를 위해 간직해둔 것 같은
행복한 나날을 보내고 있다.
내가 앞으로 어떻게 되든지
나는 인생의 기쁨을, 가장 순결한 기쁨을
맛보았다고 해도 좋다.

《젊은 베르테르의 슬픔》

사랑하는 로테와 처음으로 무도회에서 춤춘 후, 하늘로 날아오를 것 같았던 베르테르의 말이다.
베르테르처럼 이런 기분이 든다면 당신의 사랑은 진정한 것이다.

11월

15

활동

활동하는 것이야말로 인간의 첫 번째 사명입니다.
도저히 쉬지 않으면 안 될 때는 이 시간을 전부,
외계의 사물을 명확히 인식하는 데 써야 합니다.
그렇게 얻어진 인식이 그 후의 활동을 쉽게 합니다.

《빌헬름 마이스터의 수업시대》

행동이 주이며, 인식 또는 지식은 종이라는 사고방식이다. 그 양자로 이루어져 있는 것이 인간이다.
양자의 주종관계는 사람마다 제각각 다르다.

15

행복의 현재

진정 서로 사랑하는 사람들은,
자신들이 지금까지 느꼈던 모든 것을
현재의 행복을 위한 준비로,
두 사람이 평생 살 집을 떠받치는 기초로 본다.
과거의 사랑은 동이 트면 사라지는
망령으로 간주한다.

《시와 진실》

사랑에서 가장 중요한 것은 현재다. 그러나 과거의 망령이 되살아나지 않으리란 보장은 없다. 과거의
사랑을 현재를 위한 준비로 보고 현재의 행복에 집중해야 비로소 진정한 사랑이 탄생한다.

14

절반의 존재

나 자신을 진지하게 파헤쳐보면,
내가 절반의 존재일 수밖에 없다는 사실을
반드시 깨닫게 될 것이다.
그래서 나를 완전한 존재로 만들기 위해,
한 사람의 여성, 혹은 하나의 세계를 추구하게 된다.

《잠언과 성찰》

한 사람, 한 사람이 제각각 완전한 존재였다면 인간들의 교제는 불필요했을 것이다. 불완전하기 때문에
비로소 이성을 찾아 세계를 돌아다닌다.

2월

16

저작권

나는 내 시를 오직 낭독을 통해서
사람들에게 전하고 싶었다.
시를 돈으로 바꾸는 것은
나에게 마땅히 혐오해야 할 일처럼 느껴졌다.

《시와 진실》

괴테는 바이마르공화국에서 합당한 보수를 받았으므로 저작에 의한 수입에는 거의 의존하지 않았지만, 자기 작품의 해적 출판을 불쾌하게 여겨 저작권 확립에 최선을 다했다. 1952년에 '만국저작권조약'이 성립하였다.

13

복식부기複式簿記

복식부기는 인간의 정신이 생각해낸 것 중에서, 가장 멋진 것 중 하나다.

《빌헬름 마이스터의 수업시대》

복식부기는 13, 14세기에 이탈리아에서 발명된 것으로, 모든 거래를 차입자와 대변자로 기입하여 재산 상태를 정확히 파악할 수 있다. 바이마르공화국에서 재무행정을 담당했던 괴테도 이를 숙지하고 있었을 것이다.

2월

17

집합체

아무리 자기 멋대로 하려고 해도
근본적으로 우리는 집합체다.
순수한 의미에서 '내 것'이라고 할 만한 것은
얼마 안 되지 않을까.

에커만 《괴테와의 대화》

1832년 이날, 죽기 약 한 달 전의 말. '집합체'란 횡(세계 각지)으로도 종(과거, 현재, 미래)으로도
이어졌다는 말이다. 인간이 만들어내는 모든 것은 다 그런 관계 안에 놓여 있다.

12

노년

지혜를 자만하고 과시하는 건 그만두자.
겸허한 사람이야말로 존경받는다.
젊은 시절의 실수가 끝나기도 전에,
벌써 노년의 실수를 저지르다니.

풍자시집《온순한 크세니엔》

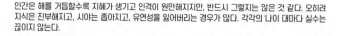

인간은 해를 거듭할수록 지혜가 생기고 인격이 원만해지지만, 반드시 그렇지는 않은 것 같다. 오히려
지식은 진부해지고, 시야는 좁아지고, 유연성을 잃어버리는 경우가 많다. 각각의 나이 대마다 실수는
끊이지 않는다.

2월

18

놀라움

인간이 도달할 수 있는 최고의 경지는,
놀라움을 느낀다는 것이다.
근원현상을 만나 놀란다면,
그것으로 만족해야 한다.

에커만 《괴테와의 대화》

1829년 이날의 말. 근원현상이란 파우스트가 말하는 '이 세계를 가장 깊은 곳에서 움직이고 있는
것'이다. 이 최대의 신비와 만날 수 있다면 누구라도 틀림없이 최고의 놀라움을 느낄 것이다.

11

장난

나는 앤헨이라는 아름답고 명랑한 소녀를 사랑했다.
그러나 나는 연인을 제멋대로 폭군처럼 지배하는,
여느 때와 같은 장난에 사로잡혔다.
그녀는 믿지 못할 만큼의 인내심으로 견뎠지만,
나는 그 인내심을 극한까지 시험할 정도로 잔혹했다.
결국, 그녀의 마음이 내게서 멀어짐을 알았을 때,
나는 매우 부끄러운 동시에 스스로에게 절망했다.

《시와 진실》

《연인의 변덕》의 소재가 된 체험이다. 희곡에서는 주인공이 자신의 죄를 인정하고 해피엔드로 끝나지만,
현실에서는 비극으로 끝난다. 희곡에는 여심을 희롱하는 다정한 남자가 몇 번이고 반복하는 '장난'이 리
얼하게 그려져 있다.

2월

19

사고

멋있는 것은 전부,
이미 누군가가 생각했다.
그저 그것을 한 번 더,
생각해 볼 필요가 있을 뿐이다.

《잠언과 성찰》

비록 재발견이라도 발견의 기쁨이나 감동은 변하지 않는다. 중요한 것은 자기 머리로 처음부터
끝까지 생각하는 것이다. 그것이 새로운 발견을 낳을지도 모른다.

10

사랑의 폭군

당신은 사랑이라는 가벼운 인연을
무거운 멍에로 만드는군요.
당신은 마치 폭군처럼 나를 괴롭혀요.
그래도 난 당신이 좋아요.
당신의 난폭함에 난 부드럽게 대답합니다.
무엇이든 당신이 말하는 대로.
아아, 그런데도 당신은 불만이군요.

《연인의 변덕》

《연인의 변덕》은 괴테가 열아홉 살 때 쓴 최초의 희곡이다. 주인공은 연인이 자신에게 홀딱 반한 것을
이용하여 세세한 데까지 그녀를 질책하고 괴롭힌다. 괴테 자신의 체험이 소재가 되었다.

2월

20

말

인간의 본성에는,
보는 것마다 거기에서
말을 발견하고 싶은
강한 욕구가 있다.

《스위스 여행》

소위 '이루 말로 다 할 수 없는 것'을 굳이 말로 나타내려고 하는 것이 문인이다. 괴테는 라인 폭포를
묘사하면서 그 연습을 했다. 그것은 뇌를 활성화하는 효과적인 연습이다.

09

균형

속이 텅 빈 인간일수록 자만심이 강하고,
훌륭한 인간일수록 겸허하고,
타락한 인간일수록 뻔뻔하고 부끄러움이 없고,
선한 사람일수록 두려움이 많은 법이다.
누구나 완전하길 바라거나,
혹은 자신은 완전하다고 생각하고 싶어 한다.

《잠언과 성찰》

실체와 자각은 이처럼 괴리되어 있다. 내용물이 없는 사람은 자신을 내용물이 있는 인간처럼, 내용물이
있는 사람은 그 반대로 자기를 인식하고 있는 듯하다.

2월

21

인내

큰일을 해냈다고 생각해도 좋다.
인내하는 것에 익숙해졌다면.

격언 시

인내란 기다리는 것이다. 괴로움이 떠나가기를, 고민이 사라지기를, 분노가 찾아들기를, 슬픔이
치유되기를, 아픔이 가라앉기를 등등. 어쨌든 모든 것을 시간에 맡기는 것이다.

11월

08

교사

산은 무언의 교사다.

《빌헬름 마이스터의 편력시대》

산속에서 많은 것을 배울 수 있다. 지질학, 식물학, 동물학, 기상학 등등. 무엇을 배울지는 학생에게 달려 있다. 괴테는 주로 지질학을 배웠다.

2월

22

근심

근심이라는 것이 마음속에 둥지를 틀고,
비밀스러운 고통의 씨앗을 뿌리고,
불안하게 몸부림치면서 평안을 방해한다.
이 근심은 끝없이 새로운 가면을 쓰고 나타난다.

《파우스트》제1부

1788년 이날, 쇼펜하우어 탄생. 괴테와 교류했던 쇼펜하우어는 인생은 고뇌라는 철학을 설파했다.

11월

07

플라토닉 러브

가르쳐줬으면 좋겠다,
어떻게 운명이
우리를 이렇게 꽉 묶었는지를.
아아, 당신은 전생에
내 누이나 아내였던 것이다.

시 〈리더에게 보낸다〉

1775년 이날, 바이마르에 도착. 바이마르공화국에 부임한 스물여섯 살의 괴테는 그곳에서 자신을
거의 완벽하게 이해해주는 일곱 살 연상의 여성, 샤를로테 폰 슈타인 부인을 만나 정신적인 사랑을
맺었다.

2월

23

행복

어디까지 추구해야 직성이 풀릴까.
보라, 좋은 것은 이렇게 가까이에 있다.
행복을 붙잡는 것을 배워야 한다.
행복은 항상 거기에 있으니까.

시 〈교훈〉

우린 "등잔 밑이 어둡다."라는 말을 즐겨 쓰면서 먼 곳을 쳐다본다. 먼저 가까운 곳을 비추자.

11월

06

시스티나 예배당

시스티나 예배당을 보지 않고서는
무릇 일개 인간이 무엇을 이룰 수 있을지
확실히 알 수 없다. 많은 위대하고 유능한
사람들에 대해 듣거나 읽었지만, 여기에는 그것이
머리 위에, 눈앞에, 여전히 생생하게 존재하고 있다.

《이탈리아 기행》

로마 바티칸 궁전 안에 있는 시스티나 예배당에는 미켈란젤로의 〈천지창조〉나 〈최후의 심판〉을 비롯
하여 보티첼리 등의 천장화나 벽화가 그려져 있어 위대한 예술적 유물이 되었다.

2월

24

타인을 움직이다

진정으로 타인의 마음을 움직이고 싶다면,
그의 잘못을 마음에 두거나, 비난하면 안 된다.
장점만 말하면 된다.
무언가를 깎아내리면
인간의 순수한 열망을 북돋울 수 없다.

에커만 《괴테와의 대화》

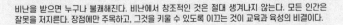

비난을 받으면 누구나 불쾌해진다. 비난에서 창조적인 것은 절대 생겨나지 않는다. 모든 인간은
잘못을 저지른다. 장점에만 주목하고, 그것을 키울 수 있도록 이끄는 것이 교육과 육성의 비결이다.

05

독일 문화의 위대함

독일이 위대한 점은 매우 뛰어난 국민문화가
나라의 모든 지역에 골고루 퍼져 있기 때문이다.
그런데 국민문화를 발산하고 담당하고 자라게 한 것은
바로 군주들의 수도가 아닌가?

에커만 《괴테와의 대화》

중앙 집권이 아닌 지방 분권이 독일의 정치와 문화의 특징이다. 괴테는 전국에 분산된 20개 이상의
대학교, 많은 미술관이나 박물관, 극장 등을 예로 들었다. 그리고 그것들은 현재도 건재하다.

2월

25

세계사적 거대사건

내가 세계사적 거대사건이 있던 시대에 태어난 것은
매우 다행한 일이다. 7년 전쟁을 비롯하여
미국 독립, 프랑스 혁명, 나폴레옹의 흥망성쇠까지,
모든 것을 이 눈으로 직접 봤다. 앞으로 태어날 사람들은
이 거대사건을 책을 통해서 배울 테지만,
진실을 올바르게 이해하긴 어려울 것이다.

에커만 《괴테와의 대화》

1824년 이날의 말. 1756년 시작된 7년 전쟁으로 프랑스군의 군정장관이 괴테의 집에 머물렀고,
소년 괴테는 군인들의 행동을 가까이서 관찰할 수 있었다. 1808년 에르푸르트에서 괴테는 나폴레옹을
만났다. 실로 역사의 산증인이었다.

11월

04

신문

당신은 왜 신문을 싫어하는가?
신문은 시대를 섬기기 때문에 좋아할 수가 없다.

시 〈시대와 신문〉

독일어로 신문은 Zeitung, 시대는 Zeit다. 《월든》의 저자 소로는 "'시대Time'를 읽지 말라. 영원 Eternity을 읽어라."라고 말했다.

2월

26

첫사랑

아아, 누가 돌려줄 것인가,
저 아름다운 날들을
첫사랑의 그 날들을.
아아, 누가 돌려줄 것인가,
저 순간을
저 가슴 뛰던 그 시간을.

시 〈잃어버린 첫사랑〉

첫사랑은 실연으로 끝날 때가 많다. 괴테의 첫사랑은 열너댓 살쯤으로 상대는 그레트헨이라 불리는
소녀였다. 그녀는 프랑크푸르트를 떠났고 두 사람은 두 번 다시 만나지 못했다.

03

자유

인간은 모두,
자유를 손에 넣자마자
각자의 결점을 노출한다.
강자는 도를 지나치게 되고,
약자는 자포자기하게 된다.

《잠언과 성찰》

《대학》에는 '소인한거위불선小人閒居爲不善'이라는 말이 있다. 소인은 한가하고 자유로운 시간이 주어
지면 하고 싶은 대로 어떤 나쁜 짓이든 하기 쉽다는 의미다.

2월

27

여유

멋있게 보이고 싶은 것 같은데, 가능할까?
쓸데없는 짓이다!
우아함은
숙련된 능력에서만 생겨난다.

시 〈사계〉

초보 피아니스트가 연주할 때는 손가락에 힘이 지나치게 들어가서 매끄럽지 못하다. 고수는 어려운
부분도 가볍게 친다. 수많은 연습의 결과다.

02

자유

아무리 자유가 남아돌 만큼 있다고 한들,
그 자유를 쓸 수 없다면 아무 소용도 없다.
이 넓은 집을 갖고,
방에서 방으로 돌아다닐 자유를 가졌다고 한들,
그것을 이용할 필요가 없다면,
자유가 무슨 도움이 되겠는가!

에커만 《괴테와의 대화》

필요 없는 자유는 오히려 유해하다. 하지 않아도 될 일을 하게 될 위험이 있기 때문이다.

2월

28

천재

만일 아이들이 변함없이 그대로 성장했다면,
세상에는 천재들만 있었을 것이다.

《시와 진실》

천재로 불리는 사람들의 탁월하고 월등한 능력은 호기심의 산물이다. 아이들이 왕성한 호기심을
유지 발전시킨다면 틀림없이 괴테의 말대로 될 것이다.

11월

01

고독

뭔가 의미 있는 것은
고독 속에서만 만들어진다는 것을,
나는 절감했다.
널리 갈채를 받은 내 작품은,
고독의 선물이다.

《시와 진실》

예술분만 아니라 과학 연구 등, 창조적인 일에 빠질 수 없는 것이 집중력이다. 집중력은 고독 속에서만
생겨난다.

29

서른 살

인간은 서른 살을 넘기면,
이미 죽은 것이나 마찬가지다.

《파우스트》 제2부

서른 살이 인생의 큰 전환점일지도 모른다. 사르트르의 《자유의 길》 주인공은 "서른 살에 자살할 것이다."
라고 했다. 도스토옙스키의 《카라마조프가의 형제들》에도 같은 말이 나오지만, 많은 사람은 무사히
이 나이를 통과한다.

31

로마

**로마여,
넌 확실히 하나의 세계.
하지만 사랑이 없으면,
세계는 세계가 아니고,
로마는 로마가 아니다.**

시 〈로마 비가〉

괴테의 이름은 《젊은 베르테르의 슬픔》의 작자로 이탈리아에서도 널리 알려져 있었는데, 여행 중에는 가짜 이름을 사용했기 때문에 마음껏 자유를 누릴 수 있었다.

3월

01

소원

우리의 소원이란,
우리 안에 있는 가능성의 예감이고,
우리가 이뤄낼 수 있으리라는 조짐이다.

《시와 진실》

소원은 가능성의 예감이다. 이 얼마나 사람에게 용기를 불어넣는 말인가. 독일에는 "젊은 날의 소원은
나이가 든 후에 성취된다."는 속담이 있다.

30

로마

로마에서만 진정으로
인간이 무엇인지 느꼈다고 해도 좋다.
그 정도로 북받친 감정과 행복감은
그 후 두 번 다시 찾아오지 않았으므로.
로마에 있었을 때 내 상태와 비교하면,
그만큼 즐거워질 일은 없을 것이다.

에커만《괴테와의 대화》

이탈리아 여행 중에 로마에서 쓴 편지에는 이 정도로 행복했던 적은 지금까지 한 번도 없었다고 몇 번
이나 쓰고 있다. 멋진 여성과 만나 누구의 방해도 받지 않고, 시를 짓는 것에 힘쓸 수 있었기 때문이다.

3월

상상력

우리가 이뤄낼 수 있는 것,
우리가 하고 싶어 하는 것,
그것은 우리의 상상력 속에 나타난다.

《시와 진실》

전혀 바라지 않았던 것이 실현되는 일은 없다. 상상력은 소원의 발현이며, 미래의 예감이다. 마음에
간직한 소원은 꾸준한 노력으로 실현된다.

10월

29

로마

결국, 이 세계의 수도에 온 것이다.
지금 여기에 도착해서 마음이 편안해지고,
한평생의 평온함을 얻은 것 같은 느낌이다.
우리 청춘의 모든 꿈이 눈앞에 생생하게 보인다.

《이탈리아 기행》

1786년 이날, 로마에 도착. 괴테는 어릴 적부터 아버지가 이탈리아 여행 기념으로 방에 장식했던 동판
화의 로마 전경을 보며 자랐다. 그리고 그 실물을 드디어 볼 수 있었다. 모든 것이 상상 그대로였다고
한다.

03

운명의 싹

미래의 운명은 젊은 날 꿈속에서
우리의 순수한 눈에 전조처럼 보였던 게 아닐까.
우리가 만나게 될 미래 모습의 싹은
그렇게 운명의 손에 의해 이미 뿌려진 게 아닐까.

《빌헬름 마이스터의 수업시대》

미래에 꽃피게 될 싹은 젊은 시절 속에 감춰져 있다는 괴테의 생각은 괴테 본인의 인생을 통해 증명되었다. 대작 《파우스트》의 최초 구상은 스물네 살 때였고, 완성은 죽기 전해인 여든두 살 때였다.

10월

28

인류의 미래

머지않아 신이 인류에게
어떤 기쁨도 느끼지 않게 되어,
모든 것을 백지화하고,
생명체를 젊어지게 할 때가 올 것이라고,
나는 보고 있다.

에커만 《괴테와의 대화》

인류의 멸망은 수천 년도 더 뒤의 일로, 괴테는 그때까지 사랑해야 할 옛 모습 그대로의 지구에서 소꿉
동무의 다양한 장난이 행해질 것이라고 말을 이었다.

3월

04

시와 현실

현실을 시로 바꿈으로써
나는 무거운 짐을 내려놓고
마음도 개운해졌지만,
친구들은 시를 현실로 바꿔
이 소설을 흉내 내곤 한다.

《시와 진실》

어느 세상에도 가상과 현실을 혼동하는 어리석은 자가 있기 마련이다. 《젊은 베르테르의 슬픔》의 주인공 흉내를 내며 장화를 신고 파란색 연미복에 노란 조끼를 입은 채 권총으로 자살하는 젊은이가 적지 않았다.

10월

27

과학

과학은 점점 인간의 생활에서 멀어진다.
그리고 우회한 후에,
다시 인간의 생활로 돌아온다.

《빌헬름 마이스터의 편력시대》

18세기 프랭클린은 벼락이 전기라는 사실을 발견하고 피뢰침을 발명했다. 19세기 패러데이가 '전자유도' 현상을 발견하고, 20세기 '반도체' 이론이 발견된다. 그것을 기초로 현대의 가정용 전자기기가 만들어졌다.

05

나쁜 버릇

나에게는 뭐든 상관없이
남의 말에 항변하고 싶은
나쁜 버릇이 있었다.

《시와 진실》

괴테가 이것을 '나쁜 버릇'이라고 자각하게 된 것은 노년이었다. 이 문장이 들어 있는 《시와 진실》의
마지막 제4부를 완성한 것은 죽기 전해인 여든두 살 때였다.

10월

26

은밀한 힘

은밀한 힘이야말로 강합니다.
가느다란 나무뿌리도 뻗으면,
바위도 무너뜨리게 됩니다.

《에피메니데스의 각성》

비가 땅속에 스며들 듯이 약한 힘도 시간이 지나면 큰 힘을 발휘한다. 인간도 마찬가지다. 꼴꼴하면서도
오래 살면 반드시 행운이 온다.

3월

불쾌감

자기 자신이나 주위 사람 모두에게
해가 되는 불쾌감은,
엄연한 죄입니다.

《젊은 베르테르의 슬픔》

불쾌한 얼굴을 보면 나도 불쾌해진다. 불쾌함은 전염되는 것이다. 마찬가지로 유쾌함도 전염된다.

10월

25

불행한 기억

**그런 세세한 것까지 기억하고 있다니!
불행한 기억이다!**

《스텔라》

뛰어난 기억력이 사람을 불행하게 만들 때가 있다. 진화론으로 유명한 다윈의 할아버지는 친구들이 운명한 날을 전부 기억하고, 그날이 올 때마다 슬픔에 빠졌다고 한다.

3월

07

인내

서로 인정하고, 이해하고, 사랑할 수 없다면,
최소한 서로 인내하는 것을
배워야 한다.

《문학론》

괴테가 외국 문학을 이해할 때 생기는 장애물을 염두에 두고 한 말로, '각 국민의 사고방식이 일치해야
한다고는 할 수 없기 때문에' 라는 글 뒤에 이어진다.

10월

24

인류의 미래

인류가 얼마나 오래 지속되든
인류를 괴롭히는 방해물이나 인류의 힘을 길러줄
온갖 고난은 끊이지 않을 것이다.
인류는 더 현명하고 사려 깊어지겠지만,
한층 선량하고 행복하고 활동적으로 되지는 않을 것이다.
만약 그렇게 되더라도 일시적일 뿐이다.

에커만 《괴테와의 대화》

인류의 미래는 그다지 좋지도 나쁘지도 않을 것이라는 게 괴테의 견해다. 고난에 직면했을 때 비로소
인류의 능력은 단련된다는 것이 그의 지론이다. 고난과 진보가 표리일체라는 지적은 개인에게도 해당
한다.

3월

08

자유

나는 자유롭다고 선언한 그 순간,
제약을 느낀다.
일부러 나는 제약받고 있다고 선언하면,
오히려 자유롭다는 걸 느낀다.

《잠언과 성찰》

자유와 제약의 관계는 무중력과 중력의 관계를 닮았다. 자유롭게 돌아다니려면 오히려 중력의 제약이
있는 것이 좋다. 제약 속에 바로 자유가 있다. 전혀 제약받지 않는 인간은 자유를 느낄 수 없다.

10월

23

인류의 진보

세상이란 우리가 생각하거나 바라는 만큼
빨리 목적에 도달하지 않는다.
항상 악마가 거기에 숨어 있고,
도처에서 끼어들어 방해한다.
그래서 전체적으로는 확실히 진보하고 있지만,
그 속도가 아주 느릴 수밖에 없다.

에커만 《괴테와의 대화》

1828년 이날의 말. 괴테는 이 말에 이어 "더 살다 보면 내가 한 말이 옳다는 것을 알게 될 것이다."라고
말했다. 젊은이는 성급하게 진보를 기대하지만, 나이가 들수록 그렇게 되지 않는다는 것을 알게 된다.

3월

09

경험

**자신이 경험했다는 것만으로
이해했다고 생각하는 인간이 많다.**

《잠언과 성찰》

'장님이 코끼리 만져보듯 하다.'라는 비유와 비슷하다. 대부분의 경험은 이와 유사하다.

10월

22

고뇌

고뇌가 남기고 간 것을 음미하고 누려라!
고통이 지나가면 괴로움은 감미롭다.

격언 시

인간이 체험하는 것에는 다 의미가 있다. 고뇌의 체험도 그중 하나다. 괴로움에서 소중한 것을 많이
배울 수 있다.

3월

10

특기

나는 많은 것을 시도했다.
소묘를 가까이하고, 동판을 파고,
유화를 그리고, 점토로 이것저것 반죽해 봤지만,
거의 변덕에 불과해 무엇 하나 익히지 못했다.
제대로 익힌 기술은 딱 하나,
독일어를 쓰는 것!

시 〈베네치아 경구〉

괴테가 어렸을 때부터 가장 관심을 기울였던 것은 그림 그리기였다. 이탈리아 여행의 목적 중 하나도
그림을 배우기 위해서였다. 그림 그리는 취미는 노년까지 계속되었다.

10월

21

행동

하룻밤 자면
피로는 풀린다.
진정한 남자의 진정한 축제는
행동에 있다!

《판도라》

그리스 신화에서 천상에서 불을 훔쳐 인간에게 주었다고 하는 프로메테우스(먼저 생각하는 남자)의
말이다. 그 동생 에피메테우스(나중에 생각하는 남자)는 형의 충고를 잊고 판도라와 결혼하여 지상에
재앙을 가져왔다.

3월

11

꿈의 힘

실로 불가사의한 일이 있다.
희망을 잃었을 때 좋은 일이 생긴다.
내 생애에도 눈물을 흘리며 잠자리에 들었을 때가
몇 번 있었지만, 그럴 때 꿈속에서 사랑스러운 누군가 나타나
위로하고 기쁘게 해주었다. 다음 날 아침 나는
다시 활기차게 즐거운 모습으로 일어날 수 있었다.

에커만 《괴테와의 대화》

어느 날 에커만은 타인과 자신의 몸을 바꿔 돌아다니는 신기한 꿈을 꾸었다. 그 이야기를 들은 괴테의
대답이다. 꿈을 통해 인간의 마음속 깊은 곳에서 희망의 성원을 보내는지도 모른다.

10월

20

결점

친구의 결점을 신경 쓰는 사람이 있는데,
그래 봤자 아무것도 얻는 게 없다.
나는 항상 적의 공적에 주의를 기울이고,
그것을 도왔다.

《잠언과 성찰》

인도 독립의 아버지 마하트마 간디는 "자기 잘못에는 볼록 렌즈를 대고 보고, 타인의 잘못에는 오목
렌즈를 대고 보자."고 말했다. 볼록 렌즈는 실물보다 크게, 오목 렌즈는 작게 보인다.

3월

12

젊어지는 방법

한 노인이 그 나이가 돼서도
아직 젊은 여성의 꽁무니를 쫓아다닌다고
주의를 받자 이렇게 대답했다.
"이거야말로 젊어지는 유일한 방법이다."

《친화력》

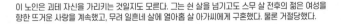

이 노인은 괴테 자신을 가리키는 것일지도 모른다. 그는 쉰 살을 넘기고도 스무 살 전후의 젊은 여성을
향한 뜨거운 사랑을 계속했고, 무려 일흔네 살에 열아홉 살 아가씨에게 구혼했다. 물론 거절당했다.

10월

19

행복

이 세상의 지배자들로부터
멀리 떨어져 사는 자는,
자신의 행복을 기뻐해도 좋다.

《엘페노르》

누구의 지배도 받지 않고 자유롭게 사는 것이야말로 모든 사람의 바람이며, 바로 거기에 행복이 있다.

3월

13

최후의 심판

우울해져 현대의 비참한 상황을 곰곰이 생각하노라면,
마치 세상이 최후의 심판의 날에
가까워지는 것처럼 느껴질 때가 종종 있다.
악은 세대를 거치며 축적된다.
우리는 선조가 저지른 죄에 시달릴 뿐만 아니라 물려받은
죄악을 우리가 더 크게 만들어 후손에게 전하고 있다.

에커만 《괴테와의 대화》

20세기에 세계대전이 두 차례나 있었고, 지금도 전쟁이 끊이지 않는 것을 생각하면 이 말은 인류에게
중대한 사실을 일깨운다. 권력자들이 과거의 비참한 역사에서 교훈을 배우지 않고 있다.

10월

18

성급함

성급하면 손해 보기 마련이다.
후회는 더 나쁘다.
성급하면 부채를 지게 되고,
후회는 그 부채를 늘린다.

격언 시

'성급함은 미련의 시작(성급하게 굴면 반드시 후회한다)' '성급하면 단명한다(성급한 사람은 오래 하지 못한다)' 등 성급함을 경계하는 속담이 적지 않다.

3월

14

영원한 봄

예전에 나는 얼마나 사계절을 사랑했던가.
다가오는 봄의 발소리에 인사하고,
가을이 오기를 또 얼마나 기다렸던가!
하지만 여름도 겨울도 없다.
사랑의 날개가 행복하게 나를 둘러싼 이 순간,
영원한 봄이다.

시 〈베네치아 경구〉

모든 것은 변한다. '영원'하다고 생각했던 봄도 언젠가 겨울로 되돌아간다. 괴테의 생애에는 그런 일이 몇 번이고 반복되었다. 한순간의 봄이라 해도 이를 소중히 여기길 바란다.

17

아이 교육

부모 생각대로 아이를 길러내기란 불가능합니다.
하느님이 주신 그대로의 모습을 귀여워하고,
교육에는 최선을 다하고, 나머지는 본인에게 맡깁니다.
사람은 각각 재능이 다릅니다.
어느 아이든 자기 재능을 자기 방식대로 키워야,
비로소 잘되고 또 행복해지는 법입니다.

서사시 《헤르만과 도로테아》

아들 헤르만이 자기 생각대로 되지 않는다고 푸념을 늘어놓는 아버지에 대한 어머니의 말이다. 자신의
아이도 하나의 독립적인 인간이라는 사실을 확인하기까지 부모는 수차례 마음고생을 하게 된다.

3월

15

어리석은 이

인도의 하늘 높이 우뚝 솟은 산 위에서도,
이집트의 땅 밑 묘지에서도,
내가 들은 것은 이 신성한 말뿐.
어리석은 이가 현명해지길 기다리는 건 어리석은 일.
지혜로운 이들이여, 바보는 바보인 채로 두라.
그것이 어울리니.

시 〈코프타의 노래〉

코프타는 마술 능력을 갖춘 이집트의 사제로, 불사의 영혼이 되어 인간에게 들어간다고 한다. 괴테는
시칠리아의 사기꾼으로 이름을 날린 카리오스트로가 이 영혼에 씌는 내용의 희극 《대大 코프타》를
썼다.

10월

16

상담

**"우리는 지금 무엇을 해야만 하는지,
가르쳐주십시오."
네가 하고 싶은 것을 하면 돼.
그런 것을 나에게 묻지 마.**

풍자시집《온순한 크세니엔》

아무것도 생각하지 않고 상담하는 사람이 있다. 상담하기 전에 스스로 잘 생각하는 것이 '상담의
예의'다. 무엇을 해야 할 것인가를 타인이 대답해줄 리가 없다. 대답할 수 없는 것을 질문하지 않는
것도 예의 중 하나다.

3월

16

짐

**별처럼
여유롭게,
한결같이,
각자
스스로의 짐 주변을 맴돌라.**

풍자시집 《온순한 크세니엔》

인생은 무거운 짐을 진 여행이다. 그 짐 속에는 고민이나 괴로움과 함께 살아갈 양식도 들어 있다. 짐이 없어지면 고민이나 괴로움도 없어지지만 살아갈 힘도 잃어버린다. 살아가는 한 짐은 사라지지 않는다.

10월

15

행동

자, '시간'의 격류 한가운데로,
약동하는 '사건'의 한가운데로 뛰어들자!
고통도 쾌락도, 성공도 실패도,
서로 밀려왔다가 밀려가길 반복하는 것이 좋다.
쉼 없이 행동하는 것이야말로 남자다.

《파우스트》 제1부

메피스토펠레스에게 청춘과 바꿔 영혼을 인도하는 계약을 한 파우스트의 결의에 찬 말이다. 이렇게
학문에 몰두했던 파우스트는 글을 버리고 거리로 나온다.

17

이용하는 힘

바깥 세계의 부를 우리 쪽으로 끌어당겨
더 높은 목적을 위해 이용할 힘과 의욕이 없다면,
도대체 우리에게 무슨 장점이 있단 말인가.

에커만 《괴테와의 대화》

도처에 인간과 사회를 풍요롭게 하는 부(수단)가 굴러다니고 있다. 그것을 주워 모아 재구성하고 이용하는 힘과 의욕이야말로 인간의 능력인 것이다. 괴테는 그런 것으로 시를 완성했다.

10월

14

격언

빌헬름은 조심스럽게 말했다.
"간결하게 요점을 담은 격언을 나는 존경합니다.
특히 대립하는 것에서 눈을 돌리게 하여 조화하도록
유도하는 격언의 경우는 더더욱 그렇습니다."

《빌헬름 마이스터의 편력시대》

빌헬름이 존경하는 격언으로 예를 들면, 한 마리의 말에 의해 인간의 불행과 행복이 바뀌는 '인간만사 새옹지마'는 어떨까. 이 세상은 한마디로 말해 대립과 조화의 반복이라고 할 수 있다.

3월

18

책

책은 새 친구와 비슷하다.
처음에는 대부분 의견이 일치하고
친근감을 느끼고 대단히 만족한다.
하지만 잘 아는 사이가 되면서 점차 차이를 발견한다.
이때 일치하는 점과 다른 점을
확실히 자각하는 것이 중요하다.

《잠언과 성찰》

인간도 책도 서로 다르다는 점에 존재 의의가 있다. 그리고 제각각 유일한 존재다. 차이의 인식이야
말로 인간과 인간을, 또 지식과 지식을 연결하는 접착제다.

10월

13

발뺌

그녀는 우리의 의도를 알아채더니
금세 일반적인 격언 뒤에 몸을 숨기고
자신을 정당화하려고 한다.
예를 들어, 그녀의 불행을 화제로 삼자
"불행은 선인이나 악인 모두에게 닥쳐오는 법입니다.
좋은 체질이나 나쁜 체질 모두에게
똑같이 듣는 약 같은 것이지요."라고 말한다.

《빌헬름 마이스터의 편력시대》

가령 그녀는 가출의 원인을 묻자 "사슴이 도망쳤다고 해서 그 사슴에게 죄가 있는 것은 아니지요."라고
대답한다. 자신의 특수한 사정을 일반화하는 것도 발뺌의 한 가지 방법이다.

3월

19

회춘

탁월한 사람이
노년이 되어도 활발하게 창조 활동을 하는 것은
일시적인 회춘을 몇 번이고 반복하기 때문이다.
바로 '청춘의 반복'이다.

에커만 《괴테와의 대화》

노년이 되어도 회춘할 수 있는 비결은 뭘까. 괴테는 나이를 먹어도 젊은 여성에게 열정을 기울이는 것
이라고 말하며 이를 실천했다.

12

실용적인 것

이 백부라는 사람은 보편적인 것을
실용적인 것으로 연결하려고 했다.
예를 들어 '최대 다수의 최대 행복을'을
'많은 사람에게 그가 원하는 것을'이라고 바꿨다.
최대 다수의 사람 같은 건 볼 수도 없고,
최선이 무엇인지는 더더욱 알 수 없다. 그러나 많은 사람이라면,
우리 주변에 있고 그 바람도 알 수 있다.

《빌헬름 마이스터의 편력시대》

'최대 다수의 최대 행복을'은 공리주의로 유명한 영국의 사상가 벤담이 제창한 사회 또는 정치 원리다.
이는 벤담에 대한 괴테의 비판이기도 하다.

3월

20

젊음

스무 살인데도 젊음이 없으니,
마흔 살에 다시 젊어질 수 있을 리가 없다.

에커만 《괴테와의 대화》

괴테가 자신을 찾아온 창백한 얼굴의 한 젊은 학자에 대해 한 말이다.

10월

11

유용과 미

유용한 것에서부터 진짜를 거쳐
아름다움에 이르러라.

《빌헬름 마이스터의 편력시대》

빌헬름 마이스터의 백부로 일종의 유토피아를 지향하는 결사의 성주가 성내에 내건 격언의 하나다.
괴테는 유용한 것, 진짜인 것, 아름다운 것은 이어져 있다고 생각했다.

3월

21

얼굴

여자가 좋은 남편을 가졌는지 아닌지는,
그 얼굴을 보면 알 수 있다.

격언 시

마찬가지로 남자에게도 같은 말을 할 수 있다. 얼굴은 인간의 모든 것을 비춰내는 거울이다. 그 어떤 명배우도
이것을 속일 수는 없다.

10월

10

인생의 한복판

널리, 높게, 당당히,
인생의 한복판으로 눈을 돌려라!

시 〈마부 크로노스에게〉

1774년 이날, 우편 마차 속에서 만들어진 시의 한 구절. 크로노스는 그리스 신화에서 인류에게 행복을
가져다준 왕으로 간주된다. 그런 왕과 함께 인생의 가도를 나아갈 수 있기를.

3월

22

사망

나는 죽음에 대해 생각해도
전혀 마음이 동요되지 않는다.
우리의 정신은 불멸의 존재로서,
영원에서 영원으로
계속 활동한다고 확신하기 때문이다.

에커만 《괴테와의 대화》

1832년 3월 22일 오전 11시 반경, 괴테는 바이마르의 자택에서 82년 6개월 남짓한 생을 마쳤다.
괴테의 관은 그가 모시던 카를 아우구스트 대공과, 시인 실러의 관과 나란히 안치되었다. "빛을 더"라는
최후의 말이 전해진다.

10월

09

경건함

우리의 깨끗한 가슴속에는,
더 높은 것, 더 깨끗한 것, 미지의 것에 감사하며
기꺼이 몸을 바치고,
영겁으로 이름 붙여진 것의 수수께끼를 풀려는
생각이 파도치고 있다.
우리는 그것을 경건함이라고 부른다.
그녀 앞에 설 때, 나는 이런 더없는 행복의 절정을 느낀다.

시 〈열정 3부작-비가〉

괴테는 이른바 말하기 어려운 미지의 숭고한 것을 앞에 뒀을 때, 저절로 마음속 깊은 곳에서 솟구쳐오르는
경건한 생각을 소중히 여겼다. 이 시의 '그녀'는 일흔을 넘긴 괴테가 구혼한, 열아홉 살의 아가씨다.

3월

23

사랑

**여름에 빠르게 불타올라
겨울에 따뜻하게 데워진
두 사람의 사랑.**

시 〈핀란드풍의 노래〉

여름에 만나 가을을 지나 겨울을 넘길 수 있다면 두 사람의 사랑은 진정한 것이다.

08

지배

자신의 감정을
통제할 수 없는 자가,
자칫 옆 사람의 의지를
지배하고 싶어 하는 법이다.

《파우스트》 제2부

자신을 자기 생각대로 움직일 수 없기 때문에 타인을 자기 생각대로 하려고 한다. 가정에서는 배우자나 아이를, 직장에서는 부하나 동료를, 정치가는 국민을.

24

인간의 한계

신과 인간을 구별하는 것은 무엇인가?
큰 파도가 끊임없이 밀려오는데,
그것은 하나의 영원한 흐름.
그 파도는 우리를 밀어 올리고,
그 파도는 우리를 집어삼키고,
그리고 우리는 가라앉는다.

시 〈인간의 한계〉

인간에게는 유한한 삶이 주어진다. 인간의 삶은 하나의 작은 고리 같은데, 괴테는 몇 세대에 걸쳐 계속
되는 이 고리가 신들의 영원한 굴레로 이어진다며 이 시를 마무리한다.

10월

07

신비

우리는 모두 신비와 기적의 가운데를
더듬거리며 가고 있다.
인간의 정신은 다른 인간의 정신과 묵묵히
맞대는 것만으로도 커다란 영향을 준다. 사이좋은 친구와
함께 걸으며 무언가를 골똘히 생각하고 있으면,
그 친구가 내 머리에 있는 것과 똑같은 말을 하기 시작한다.

에커만 《괴테와의 대화》

1827년 이날의 말. 확실히 신기한 현상의 하나로, 마음에서 발산하는 힘의 작용이 있다. 괴테는 '염력'에
의해 사람을 조용히 하게 만들거나 불쾌한 기분으로 만들 수 있는 남자의 예를 들고 있다.

3월

25

열정

지금 정말 행복하다고 실감할 때가 있다!
여성의 매력에 강하게 사로잡혔을 때다.
젊은이는 천진난만한 아이처럼 순진하게,
스스로 봄이 된 양 봄 한가운데 몸을 던진다.
기뻐하며, 깜짝 놀라 둘러보면 세상은 그의 것.
숲의 가지 끝을 스치듯 날아가는 새들처럼,
그도 공중에 떠서 연인의 주위를 맴돈다.

시 〈열정 3부작-베르테르에게〉

사랑의 포로가 된 젊은 시절의 자신을 그린 시다. 노년의 시인 안에도 사랑의 열정은 살아 있었을 것이다.
이 시가 그 증거다. 1824년 이날, 완성되었는데 괴테는 일흔네 살이었다.

10월

06

자력磁力

우리는 모두 내부에 전기력이나 자기력 같은 힘을 갖고 있다.
연인들 사이에서 이 자력은 특히 강해서 멀리까지 그 힘이 미친다.
젊었을 때 혼자서 산책하면 공연히 사랑하는 그녀를 만나고 싶고,
계속 생각하면 정말 그녀가 내게 왔던 경우가 종종 있었다.
"방에 있는데 왠지 불안해서 여기로 올 수밖에 없었어."라고
그녀는 말했다.

에커만 《괴테와의 대화》

_____

괴테 자신이 강력한 자력, 특히 여성을 끌어당기는 힘이 타고났던 듯하다.

3월

26

열정

낡은 열정이 아직 완전히 사라지기 전에
새로운 열정이 움직이기 시작한다는 것은
커다란 희열이다.
그것은 태양이 지려고 할 때 달이 떠올라,
동서의 하늘이 동시에 빛나는 모습을
보았을 때의 기쁨과 비슷하다.

《시와 진실》

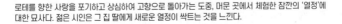

로테를 향한 사랑을 포기하고 상심하여 고향으로 돌아가는 도중, 머문 곳에서 체험한 잠깐의 '열정'에
대한 묘사다. 젊은 시인은 그 집 딸에게 새로운 열정이 싹트는 것을 느낀다.

10월

자유와 규칙

큰 것을 지향하는 자는,
자기를 제한해야 한다.
제약 속에서야말로,
명인은 힘을 발휘하고,
규칙만이,
우리에게 자유를 준다.

시 〈예술〉

스포츠를 비롯하여 인간의 행위 속에 규칙이 없는 것은 없다. 모든 것에는 규칙이 있다. 그 안에서
모든 것이 전개된다. 규칙을 부자유스럽게 느끼면 아무것도 성립되지 않는다.

3월

27

간악골(앞니뼈)

위턱의 앞부분에 있는 간악골이 최근 주목받고 있다.
이 뼈는 원숭이에게는 있고 사람에게는 없어 둘을 구별하는
표식으로 여겼기 때문이다. 그러나 내 연구에 의하면
간악골은 사람이나 원숭이 모두에게 분명히 존재한다.
사람의 경우, 간악골이 위턱뼈와 붙어버려 극히 일부에서만
그 경계를 확실히 확인할 수 있어 발견할 수 없었던 것이다.

과학논문

1784년 이날, 인간의 간악골을 발견했는데 이미 1780년에 프랑스 해부학자 다질이 발표했다. 첫 번째
발견자의 명예는 놓쳤지만, 해부학에 '괴테 봉합'이라는 형태로 그 이름이 남아 있다.

10월

04

필요한 것

인간은 많은 것을 원하지만,
필요한 것은 극히 적은 양.
인생은 짧고,
인간의 운명은 한정되어 있다.

서사시 《헤르만과 도로테아》

만년의 괴테는 부유한 시민의 아들 헤르만이 피난민의 딸 도로테아와 만나 결혼하기까지를 그린 이 서사시를 특히 사랑하고 좋아했다. 읽는 이의 마음을 따뜻하고 깨끗하게 하는 걸작이다.

3월

28

슬럼프

어느 날, 나도 타인도 너무 싫고 참을 수가 없어서,
마음이 닫힐 때가 있다. 예술가에게는 자주 있는 일이다.
상태가 좋지 않을 때는 절대 조바심을 내면 안 된다.
당신의 실력과 힘은 어디에도 가지 않는다.
안 좋을 때 가만히 있으면, 좋을 때 두 배는 더 좋아진다.

시 〈좋은 조언〉

중요한 것은 결코 조급하게 굴지 않는 것이다. 가만히 힘이 회복되기를 기다리자. 이 기다림이 인간에게는 가장 어려운 일이다.

10월

03

소유와 사용

충분히 소유했으면서,
그것을 사용하는 것도,
즐기는 것도 불가능한 사람이야말로,
가난하고 불행한 사람이다!

《이탈리아 기행》

재산만이 아니라 인간의 능력에 대해서도 할 수 있는 말이다. '지혜를 내놓으려고 하지 않는 것'은 오히려 지혜의 재고를 줄이는 것과 같다. 지혜나 지식은 쓰면 쓸수록 늘어나는 신기한 보물이다.

3월

29

결점

누구나,
자신의 결점을 통해
비로소 자신을 재인식한다.

《시와 진실》

만사가 잘 풀릴 때는 자신을 뒤돌아보지 않는다. 실패나 실수는 자기반성의 좋은 기회다. 그것을 통해
내가 이런 사람이었다는 사실을 새삼 깨닫게 된다.

10월

02

눈

내가 세계를 포착하는 기관은,
우선 무엇보다도 눈이었다.

《시와 진실》

1824년 이날, 일흔다섯 살의 괴테를 찾아온 시인 하인리히 하이네는 그의 인상을 다음과 같이 묘사했다.
"노래진 얼굴은 미라 같고, 이는 빠지고, 몸은 쇠약해졌지만, 눈만은 거룩할 만큼 밝게 빛났다."

30

신

인간의 마음속에도 하나의 우주가 있다.
거기서부터 사람들 사이에 칭송해야 할 관습이 생겨났다.
자신이 아는 가장 좋은 것을
신, 아니 자신들의 신이라 부르고,
신에게 하늘과 땅을 의탁하고,
신을 두려워하고, 그리고 사랑했다.

시 〈신과 마음과 세계〉

종교를 갖지 않은 민족은 없고, 종교가 있는 곳에는 반드시 신이 존재한다.

10월

01

건강법

돈도 필요 없고, 의사도 마법도 필요 없는
방법이 있습니다. 지금 바로 시골로 가서,
밭일에 힘쓰고, 몸도 마음도 지극히 작은 세상에 가두고,
자연식을 먹는 것. 이것이야말로 여든 살이 되어도
젊음을 유지하는 최고의 방법입니다.

《파우스트》 제1부

메피스토펠레스에게 이렇게 권유받은 파우스트는 '난 밭일 같은 건 불가능하고, 작은 세상에 갇히는
건 사양이다'라고 거절한다. 그리고 마녀가 조합한 비약을 먹고 서른 살이나 젊어져 넓은 세계로 뛰쳐
나간다.

31

의욕

**우리의 의욕은,
우리가 어떤 상황에 있어도
행동하리라는 것의 예고다.**

《시와 진실》

이렇게 하고 싶다고 바라는 마음은 사라지지 않는다. 괴테는 의욕을 갖는 것 자체가 실현될 예고라고
한다. 일단 마음에 나타난 것은 언제까지고 남는다는 것이다.

9월

30

명성

나무가 타는 것은
그 안에 탈 만한 성분이 들어 있기 때문이다.
인간이 유명해지는 것도 그 사람이 이미
그럴 만한 요소를 갖추고 있기 때문이다.
명성은 원한다고 해서 얻어지는 것이 아니다.
그것을 아무리 추구해도 헛수고일 뿐이다.

에커만 《괴테와의 대화》

카를 아우구스트 대공의 명성에 관련하여 한 말이다. 현대 세계에서는 명성을 운운할 수 있는 정치인이
흔하지 않은 존재가 되었다. 대공은 결코 아첨하지 않았지만, 국민에게 사랑받았다.

4월

01

첫사랑

순결한 젊은이의 첫사랑은
오로지 정신적인 측면을 추구하는 법이다.
자연은 남녀 모두 이성異性 안에서
선하고 아름답기를 바라는 것처럼 보인다.
나도 그녀에게 마음을 뺏기면서
탐미의 세계가 열리게 되었다.

《시와 진실》

첫사랑 그레트헨을 무심코 껴안으려고 했던 괴테에게 그녀는 "키스 같은 건 진부해요. 가능하다면
서로 사랑을 나눠요."라고 말했다. 그녀가 멀리 떠난 뒤 괴테는 몹시 초췌해져 병상에 누울 정도였다.

29

실행

아는 것만으로는 충분하지 않다.
그것을 응용해야 한다.
의욕만으로는 충분하지 않다.
그것을 실행해야 한다.

《빌헬름 마이스터의 편력시대》

괴테가 무엇보다 가치를 두는 것은 실행하는 것이다. 지식이나 의욕이 불타오르기를 기다리기만 해서는
좀처럼 실행의 기회가 오지 않는다. 지식이나 의욕은 행동 뒤에 따라오는 경우가 적지 않다.

4월

02

둘이서 배우다

남녀가 조화를 이루면
지식욕이 왕성한 소녀와
가르쳐주기를 좋아하는 청년의 만남만큼
아름다운 교제는 없다.
거기서부터 흔들림 없는 즐거운 관계가 생겨난다.

《시와 진실》

괴테와 첫사랑의 소녀, 그레트헨의 사이에서 완성된 이런 관계는 연인 시절뿐만 아니라 결혼하고 나서도
서로의 인연을 강하게, 그리고 상쾌하게 하는 데 도움이 되었을 것이다.

28

베네치아

이렇게 처음으로 베네치아를
이 눈으로 바라보며,
이 멋진 섬마을에 발을 들여놓고
구경한다는 것은,
역시 내 운명의 책에 기록되어 있었던 것이다.

《이탈리아 기행》

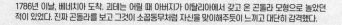

1786년 이날, 베네치아 도착. 괴테는 어릴 때 아버지가 이탈리아에서 갖고 온 곤돌라 모형으로 놀았던
적이 있었다. 진짜 곤돌라를 보고 그것이 소꿉동무처럼 자신을 맞이해주듯이 느끼고 대단히 감격했다.

4월

03

사랑하는 사람을 위해

내 머릿속에는 그레트헨 생각밖에 없었다.
모든 것을 똑바로 바라보며 기억하고,
그것을 그녀와 함께 되새기며,
그녀에게 설명하기를 바라는 생각만 했다.
사랑하는 그녀에게 칭찬받고자
하나하나 꼼꼼히 관찰해, 행렬이 지나갈 때는
작은 목소리를 입 밖에 내보기까지 했다.

《시와 진실》

1764년 이날, 프랑크푸르트에서 열린 신성로마제국 황제 요제프 2세의 대관식을 괴테는 시청사
특등석에서 가까이 볼 수 있었다. 확실히 사랑하는 사람에게 칭찬받는 것만큼 행복한 일은 없다.

9월

27

예술과 과학

애국적인 예술이나 과학은 존재하지 않는다.
예술과 과학은 모두 드높은 선과
마찬가지로 전 세계에 속하며,
동시대를 사는 모든 사람의 폭넓고 자유로운
상호작용과 과거로부터 이어 온 전승을 끊임없이
뒤돌아봄으로써 발전한다.

《빌헬름 마이스터의 편력시대》

인간 사회는 종(시간의 흐름)과 횡(공간의 확장)을 넘나든다. '애국적'이란 어느 하나의 안에서만 통용
된다는 의미다. 괴테의 눈은 전 세계를 향한다.

4월

04

격해지기 쉬운 성격

나의 침착하지 못한, 격해지기 쉬운 성격을
누그러뜨릴 수 있는 친구였기에
그와의 교제는 도덕적인 의미에서도
매우 유익했다.

《시와 진실》

대학 시절을 돌아보며 괴테는 종종 자신의 불안정하고 금세 격해지는 성격을 반성했다. 노년의 원숙한
모습과는 실로 대조적이다.《젊은 베르테르의 슬픔》을 낳은 것은 바로 그 격해지기 쉬운 성격이었다.

26

언덕 위의 아침 식사

**여기가 좋겠군!
이 멋진 공기 속에서 먹는 소박한 아침 식사가,
얼마나 맛있는지 시험해보자.**

에커만 《괴테와의 대화》

1827년 이날 아침, 일흔여덟 살의 괴테는 에커만과 함께 마차로 산길을 올라가 마을이 훤히 내려다
보이는 언덕 위에서 아침을 먹었다. 갓 구운 빵, 메추라기 통구이와 피클, 거기에 고급 포도주를
곁들였다.

4월

05

완고한 성격

내가 다양한 예의범절에 익숙해지도록
도와준 친구가 사라지자,
금세 나는 이전의 제멋대로이고
완고한 성격으로 되돌아갔다.
그 때문에 나 자신과 타인 모두에게
뭔가 불쾌한 일이 생겼다.

《시와 진실》

괴테가 대학 시절에 했던 자성의 말이다. 괴테는 자신과 성격이 정반대인 친구와 교제하는 이점을 강
조하고 있다. 그런 친구가 사라지면 균형을 잃게 된다.

25

대사업

멕시코만에서 태평양으로 수로를 여는 것이
미국으로서는 꼭 필요한 일이며, 나는 그렇게 되리라 확신한다.
살아 있는 동안 보고 싶지만 무리겠지.
도나우강과 라인강의 연결, 또 영국에 의한 수에즈 운하 건설.
이 3대 사업을 살아 있는 동안 경험하고 싶다.
이를 위해서라면 앞으로 50년 정도 참고 살아도 좋다.

에커만 《괴테와의 대화》

도나우강과 라인강을 잇는 운하는 1845년, 수에즈 운하는 1869년, 파나마 운하는 1913년 이날 개통
되었다. 괴테가 이렇게 말한 것은 1827년 일흔일곱 살 때로, 50년을 더 살면, 파나마 운하 이외의 대
사업은 볼 수 있었다.

4월

06

속이기

사람은 속는 게 아니라,
스스로 자기를 속이는 것이다.

《빌헬름 마이스터의 편력시대》

사람은 왜 속을까. 한마디로 욕심이 있기 때문이다. 욕심이 없는 사람은 절대 속지 않는다. 자신의
욕심 때문에 속는 것이다. "스스로 자신을 속인다."라는 말은 그런 의미다.

24

특별한 것

특별한 것을 파악하여 그리는 게
예술 본래의 생명이기도 하다.
일반적인 것에 머물러 있는 한
누구라도 모방할 수 있는데,
특별한 것은 아무도 모방할 수 없다. 왜일까?
다른 사람들은 그것을 체험하지 않았기 때문이다.

에커만 《괴테와의 대화》

고양이 한 마리를 그려도 그 모습은 천차만별이다. 일반적인 고양이라는 것은 존재하지 않고, 그런 것은
그릴 방법이 없다. 사회적인 사건이나 인간에 대해서도 마찬가지다.

07

루벤스

예술가는 사랑한 적이 없거나
사랑하지 않는 것을 그리면 안 되며, 그릴 수도 없다.
루벤스가 그린 여자를 보고 그대들은
지나치게 살집이 좋다고 말한다.
하지만 나는 바로 그것이
루벤스의 여자라고 말하고 싶다.

《예술론》

확실히 루벤스가 그리는 여자의 대부분은 다부진 체구의 비만형 나체다. 괴테는 그것이 그가 선호하는
여자였다고 하는데, 표현이란 그런 것이다. 항상 작가의 취향이 드러난다.

23

마음의 일기

난폭한 소년은
들장미를 꺾었다.
장미는 저항하고 찔렀다.
하지만 한탄도 한숨도 허무하게,
꺾이고 말았다.
장미여, 장미, 붉은 장미, 들장미여.

시 〈들장미〉

시는 '마음의 일기'로서 나중에 도움이 될 때도 있으니 시를 지은 날짜를 써두는 게 좋다고 괴테는
에커만에게 말했다. 〈들장미〉의 날짜는 1770년이다.

4월

08

노년의 장점

젊을 때 빨리 노년의 장점을 깨닫는 것,
노년이 되어도 청년의 장점을 유지하는 것,
둘 다 드문 일이다.

《잠언과 성찰》

젊은이의 장점이란 무엇인가. 노년의 장점이란 무엇인가. 뭔가 장점이 있기는 있는 것 같다. 그것에 대해
한번 생각해보자.

22

마음의 일기

소년은 말했다 – 너를 꺾을 거야.
들장미여!
장미는 말했다 – 너를 찌를 거야.
네가 나를 언제까지나 잊지 않도록.
내가 꺾이거나 할 것 같아?
장미여, 장미, 붉은 장미, 들장미여.

시 〈들장미〉

이 시를 낳은 것은 스트라스부르크 대학교의 학생이었을 때 친해진 프리데리케 브리온이라는 소녀와의
연애다. 괴테는 스물한 살, 그녀는 열여덟 살이었다.

4월

09

고귀한 인간

나는 있는 그대로의 자신에게 만족했고,
자신을 고귀한 인간이라고 생각했기 때문에
설령 왕(군주)으로 여겨졌다고 해도
특별히 신기해하지 않았을 것이다.

에커만 《괴테와의 대화》

이는 자아도취가 아니라 자부심이다. 자부심이란 자신의 능력에 자신감을 갖는 것이다. 상당한
자신감이 없으면 좀처럼 할 수 없는 말이다.

21

마음의 일기

한 소년이 보았다.
아침 해를 받아 반짝이며 갓 피어 있는
들장미를.
소년은 그것을 가까이서 보려고 다가가,
뛰는 가슴으로 바라보았다.
장미여, 장미, 붉은 장미, 들장미여.

시 〈들장미〉

슈베르트의 작곡으로 유명한 시다. 괴테 스스로 '이야기 시'의 대표로 꼽는 작품이다.

4월

10

귀족

나에게 귀족의 사령이 주어졌을 때,
사람들은 필시 내가 몹시 우쭐거릴 거라고 생각했다.
그러나 나에게 그것은
아무것도, 전혀 아무것도 아니었다.

에커만 《괴테와의 대화》

1782년 이날, 괴테는 바이마르공화국의 군주 카를 아우구스트 대공의 천거로 신성로마제국 황제 요제프 2세로부터 귀족으로 봉해졌다. 그때 그는 서른두 살이라는 젊은 나이였다. 정신적 귀족에게 실제의 귀족 칭호가 주어진 것이다.

9월

20

이야기 시

나의 시는 모두 이야기 시다.
모두 현실로부터 자극받아,
현실에 뿌리와 토대를 두고 있다.
허공을 붙잡는 듯한 시를
나는 조금도 존중하지 않는다.

에커만 《괴테와의 대화》

회화에는 구상화와 추상화가 있다. 괴테가 말하는 '이야기 시譚詩'는 그림에서 말하는 구상화다. 누가
읽어도 거기에 무엇이 표현되어 있는지 알 수 있다.

4월

11

마이동풍

누구든지 자신이 이해할 수 있는 것만
귀에 들어오는 법이다.

《잠언과 성찰》

이백은 "봄을 알리는 동풍이 불면 사람은 기뻐하지만, 말은 전혀 느끼지 못한다."고 노래했다. 말에게는
어떤 바람이 상쾌한 것일까. 그것을 아는 것은 말뿐이다. 인간도 마찬가지다.

19

시 쓰는 계기

모든 시는 어떤 계기에서 쓰여야 한다.
말하자면 시를 쓰는 동기와 소재가
현실에서 나와야 한다. 그때의 어떤 특수한 경우가
시인의 손길을 거침으로써,
비로소 보편적이고 시적인 것이 되는 것이다.

에커만 《괴테와의 대화》

못 보고 지나치면 아무런 흔적도 없이 사라지는 풍경이나 심정을 말에 담아 불멸의 것으로 만드는
것이 시인의 일이다.

4월

12

반성

어리석게 행동한 청년에게는
그것에 대해 후회할 시간이 충분하다.
노인은 어리석음을 피하라.
인생이 얼마 남지 않았기 때문이다.

풍자시집《온순한 크세니엔》

인생은 반성의 연속이다. 공자도 하루에 세 번 반성한다고 했다. 반성할 재료가 부족한 사람은 없을 것
이다. 나이가 듦에 따라 어리석은 행동을 반성할 시간은 줄어든다.

9월

18

시 쓰는 비결

우선은 오로지 작은 대상만을 상대로
그날그날 만나게 되는 모든 것을 곧바로 받아들이면,
너는 언제라도 좋은 결과를 얻어
나날이 즐거워질 것이다.
세계는 넓고 풍요로우며 인생은 실로 다종다양하니
결코 시 쓰는 계기가 모자라는 일은 없다.

에커만 《괴테와의 대화》

시인을 지망하는 에커만에 대한 조언이다. 시작의 비결은 꾸준한 일상의 관찰과 집필의 축적에 있다.
대부분의 일에 해당하는 비결이다.

4월

13

마음을 붙잡다

자신에게 실감 나지 않는다면
다른 사람의 마음을 붙잡을 수 없다.
자신의 영혼에서 뿜어져 나와,
강력하고 절절하게 이야기하는 게 아니라면,
듣는 이 모두의 마음을 움직일 수 없다.

《파우스트》 제1부

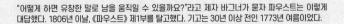

"어떻게 하면 유창한 말로 남을 움직일 수 있을까요?"라고 제자 바그너가 묻자 파우스트는 이렇게
대답했다. 1806년 이날, 《파우스트》 제1부를 탈고했다. 기고는 30년 이상 전인 1773년 여름이었다.

9월

17

설렘

마음이 흐트러지고 놀라서 어찌할 바를 모르는,
이런 좋은 일이 있다니!
이미 사랑하는 일도 설레는 일도 없어졌다면,
재빨리 무덤으로 들어가는 것이 좋다!

《경구집》

살아 있다는 것은 아름다운 것을 보고 마음을 두근거리며, 원하는 것을 앞에 두고 설레는 것이다. 설레는
것도 사랑하는 것과 마찬가지로 하나의 능력이다.

14

마음에서 마음으로

마음속 깊은 곳에서 나온 게 아니라면,
절대 마음에서 마음으로 전해지지 않는다.

《파우스트》 제1부

베토벤은 후기 걸작 〈장엄미사〉에서 '마음에서 나오지 않으면 다시 마음에 도달하지 않는 것을'이라고
노래했다. 베토벤이 괴테의 이 말을 읽었는지는 확실하지 않다.

9월

16

인간

정원이나 건물, 복장, 장식품 등,
이것과 비슷한 소유물에 큰 가치를 두는 사람은
사교성이 없고 불친절하다.
그런 사람들은,
인간이라는 존재가 눈에 들어오지 않게 된 것이다.

《빌헬름 마이스터의 수업시대》

인간 그 자체보다 그 사람이 무엇을 소유하고 있는지에 관심을 기울이는 사람이 있다. 그런 사람은
상대방의 얼굴이 아니라 옷이나 구두에 먼저 눈길을 보낸다. 그런 사람을 만나면 등을 돌리는 게 제일이다.

4월

15

백만 독자

백만 독자를 기대하지 않는 인간은,
글 한 줄도 쓰면 안 된다.

에커만 《괴테와의 대화》

아마 괴테도 이런 마음으로 《파우스트》를 써내려 갔을 것이다. 사람을 감동시키려면 먼저 자기 자신이 감동해야 한다.

9월

15

대해의 한 방울

하늘이 어디에서나 푸르다는 것을 이해하기 위해,
전 세계를 돌아다닐 필요는 없다.

《빌헬름 마이스터의 편력시대》

미량의 혈액으로 인체의 다양한 상태를 알 수 있다. 대해의 한 방울에 바다의 모든 것이 깃들어 있다.
단 한 줄의 머리카락에서 섭취된 비소량을 알 수 있는 것도, 소량의 샘플로 여론을 추정할 수 있는 것도
이 원리에 의한다.

4월

16

아름다운 것

위대한 것, 아름다운 것을 진심으로 기뻐하며
존경하는 것이 나의 타고난 소질이다.
이런 멋진 작품을 만나 매일 언제라도
이 소질을 키울 수 있다는 것이
무엇보다 큰 행복이다.

《이탈리아 기행》

각지에 최고의 미술품을 품고 있는 이탈리아를 여행하는 것은 괴테의 이런 소질을 키울 절호의 기회였다.
어느 시대라도 미술관이나 박물관을 방문하는 것이 여행의 큰 목적이었다.

14

인내

힘닿는 한 재앙을 견뎌라.
누구에게도 너의 불운을 한탄하지 말라.
친구에게 불행을 한탄하면,
그 불행이 열두 배는 커져 되돌아온다.

풍자시집 《온순한 크세니엔》

타인의 불행에 진심으로 공감하고 위로할 수 있는 사람이 과연 얼마나 될까. 타인보다 자기 일만으로도 벅찬 사람이 많다. 불행을 한탄한들 그것이 가벼워지진 않는다.

원原식물

공원에서 다양한 식물의 모습을 보면서 이것 중에
원식물을 발견할 수는 없는지 하는 오래된 생각이
다시 마음에 떠오르기 시작했다.
그런 식물이 반드시 존재할 것이다!
이 식물들이 모두 하나의 규범에 따라
형성되는 게 아니라면 다양한 형태를 띠고 있는 것이
어째서 같은 식물로 인식되겠는가.

《이탈리아 기행》

식물학을 연구한 괴테는 다양한 형태를 보여주는 식물도 원식물에서 발전한 것이라고 생각했다. 그리고
시칠리아섬 팔레르모에서 그 실마리를 발견하게 된다.

9월

13

재회

이렇게 처음에는 헤어지지만,
지금 다시 서로 사랑하게 되다니.

《서동시집》

이전에는 일심동체였던 것이 뿔뿔이 헤어지게 되고, 그것이 다시 일체가 되고자 하는 것, 괴테는 그것이 사랑이라고 말했다. 사랑의 고백에는 안성맞춤인 비유다.

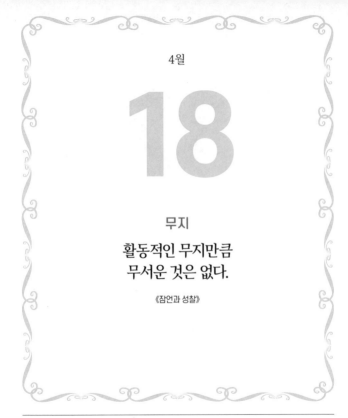

4월

18

무지

활동적인 무지만큼
무서운 것은 없다.

《잠언과 성찰》

지식이 행동에 방해될 때도 있다. 보통 사람은 위험이나 난관을 느끼면 주춤한다. 그런 것에 개의치 않고
저돌적으로 나아가는 것이 '활동적인 무지'다.

9월

12

은행잎

이것은 하나의 생물이
둘로 갈라진 것인가.
둘이 서로를 선택하여
하나가 된 것인가.

《서동시집》

1815년 이날, 완성한 시. 《서동시집》은 마리안네 폰 빌레머라는 여성을 향한 열애에서 만들어진 시집으로, 예순여섯 살의 괴테는 서른한 살의 그녀를 자신의 분신처럼 생각하여, 그 심정을 은행잎에 의탁했다.

4월

19

타인의 덕

내 작품은 결코 나 자신의 지혜로만
생겨난 것이 아니라
나에게 재료를 제공해 준
무수한 사람과 사물에 힘입은 것이다.
타인이 나를 위해 뿌려준
씨앗의 결실을 수확한 것에 불과하다.

에커만《괴테와의 대화》

어리석은 사람도, 이해가 빠른 사람도, 편협한 사람도, 어린이도, 청년도, 노인도, 무엇을 생각하고
느끼고 살아왔는지를 말해주었다고 괴테는 말하고 있다. 그것을 어떻게 활용하는가에 독창성이 있다.

9월

11

결점

누구나 자신의 결점을
비난받거나 결점 때문에 벌 받고,
또 인내심을 강요당하는 일은 그나마 참을 수 있지만,
그 결점을 고치라는 소리를 듣는 것은 참을 수 없다.

《친화력》

대부분 사람은 자신의 결점을 잘 알고 있다. 가능하면 고치고 싶다고 생각한다. 그러나 고칠 수 없기에
결점인 것이다. 결점은 그 사람과 일체다. 타인에게 결점을 고치라는 소리를 듣는 것은 자신을 부정하는
것에 가깝다.

4월

행복과 불행

인간을 행복하게 하는 것이
동시에 불행의 원인이 되는 것일까.

《젊은 베르테르의 슬픔》

세상에는 행복과 불행의 원인이 하나인 경우가 많다. 젊은 베르테르의 사랑은 그 전형이다. 복권으로
얻은 큰돈도 같은 이치이다.

10

세계의 존속

**만일 신이 아기 새에 대한 이런 완벽한 본능을
어미 새에게 주지 않았다면,
그리고 같은 일이 모든 생물을 통해
자연 전체에 고루 미치지 않았다면,
이 세계는 존속할 수 없을 것이다.**

에커만 《괴테와의 대화》

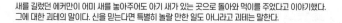

새를 길렀던 에커만이 어미 새를 놓아주어도 아기 새가 있는 곳으로 돌아와 먹이를 주었다고 이야기했다.
그에 대한 괴테의 말이다. 신을 믿는다면 특별히 놀랄 만한 일도 아니라고 괴테는 말한다.

21

쇼핑

쓸데없는 쇼핑을 하고 싶지 않다면, 세일한다고 달려들지 마라.

격언 시

괴테의 시대에는 1년에 한 번 '섣달 대목장'이 '세일'이었다. 매일같이 어딘가에서 세일을 외치는 현대에 쓸데없는 쇼핑을 피하기는 대단히 어려운 일이다.

9월

09

첫사랑

첫사랑이 유일한 사랑이라는 것은 맞다.
두 번째 사랑에게는 '두 번째'이므로,
이미 사랑의 최고 의미는 상실되었기 때문이다.
본래 사랑을 한 차원 높이고 지탱하는
'영원', '무한'의 개념은 파괴되고,
모든 것이 반복되는 것과 마찬가지로
사랑도 결국에는 사라지게 된다.

《시와 진실》

괴테의 첫사랑은 열네 살 때 만난 그레트헨이었다. 이후 괴테에게는 사랑하는 여성과 함께 있는 것이
생활의 불가결한 조건이었다. 열렬하게 사랑한 상대로 이름이 알려진 여성만 평생에 걸쳐 열 명이
넘는다.

4월

22

자업자득

아이고, 저 녀석, 금세 또 물을 가져온다.
어떻게든 원래 빗자루로 바꿀 수 없을까.
그 중요한 주문을 잊어버렸다.
집 안이 온통 침수되어, 그야말로 엄청난 대홍수!
스스로 불러낸 영혼들에게,
톡톡히 애먹는 이 허술함.

시 〈마법사의 제자〉

마법사 선생님이 부재중일 때 제자가 빗자루에 마법을 걸어 물을 가져오는데, 그것을 멈추는 주문을 잊어
버려 온 집 안이 침수된다. 핵무기 개발 등은 그 현대판이다.

9월

08

제약

모든 것을 추구하는 자는
무엇 하나 얻지 못한다.
예술가에게,
제약은 필수적이다.

《예술론》

중국의 한시, 서양의 운율시, 일본의 하이쿠 모두 일정한 제약 속에서 만들어진다. 원래 예술에서는
표현 매체-언어, 영상, 소리, 색채 등- 그 자체가 표현을 제약한다. 완전한 자유 같은 건 어디에도 없다.

4월

23

셰익스피어

셰익스피어를 한 페이지 읽은 것만으로
나는 평생 그의 포로가 되고 말았다.
처음 그 희곡을 다 읽었을 때는
맹인으로 태어난 사람이 마법에 의해
순간적으로 시력을 되찾은 듯한 느낌이었다.
그 경이로운 빛에 눈이 아플 정도였다.

《문학론》

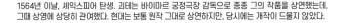

1564년 이날, 셰익스피어 탄생. 괴테는 바이마르 궁정극장 감독으로 종종 그의 작품을 상연했는데,
그때 상영에 상당히 관여했다. 현대는 보통 원작 그대로 상연하지만, 당시에는 개작이 드물지 않았다.

07

슬럼프

크고 작은 작품을 낳게 해준 창작열정이 오랫동안 정지할 때가
가끔 있었다. 그런 시간을 세상일에 바쳐 내 능력이 모두에게
도움이 될 수 있어야 하지 않을까, 라고 나는 생각했다.
시인의 천성이라는 자연의 선물은 신성한 것으로
사욕을 떠나 사람들에게 계속 부여해주지만,
실제적인 일에 대해서는 나름의 보수를 요구했다.

《시와 진실》

'슬럼프'의 어원은 '수렁에 빠진다'이다. 예술가분만 아니라 일에 종사하는 모든 사람이 슬럼프를
피할 수는 없다.

4월

24

눈에 보이지 않는 실

셰익스피어의 연극은,
세계의 역사가 눈에 보이지 않는 시대의 실에
조종되어 전개된다는 것을 눈앞에 보여주는,
아름답고 신비한 보석과 같은 작은 방이다.
그의 작품에는, 우리의 자아와 자유로운 의지가,
이야기 전체의 필연적인 행보와 충돌하면서,
숨겨진 한 점을 중심으로 모든 것이 돌고 있다.

《문학론》

셰익스피어의 연극에서는 살해된 아버지의 복수를 하는 햄릿이든, 야망을 성취하는 리처드 3세든, 목적을
저지하는 것과의 싸움이 주제다. 거기에 이야기의 중심점이 있다.

06

평안

산에 평안이 있으니
가지 끝에 바람도 살랑거리지 않고
숲속 작은 새의 목소리도 그쳤네.
기다리시오, 잠시
그대도 쉬지 않겠소.

시 〈나그네의 밤 노래〉

1780년 이날, 어느 산의 수렵 오두막 나무판자 벽에 이 시를 썼다. 그로부터 51년 후, 죽기 7개월 전에
그곳을 방문한 괴테는 이 시를 읽고 감격의 눈물을 흘렸다. 이 시는 독일어로 쓰인 시 중에서 가장 널리
알려진 시다.

4월

25

미다스왕

미다스왕이여, 당신의 운명은 비참했다.
굶주림에 떨리는 손으로 만진 음식도
황금으로 변했다.
내 경우도 비슷하지만, 난 즐겁다.
내 손이 닿으면, 모든 것은 즉시 시가 되었다.

시 〈베네치아 경구〉

그리스 신화의 미다스왕은 '손에 닿는 것은 모두 황금이 되기를'이라는 소원은 이뤘지만, 먹는 것까지
황금이 되어 아무것도 먹을 수가 없었다.

9월

05

메모

밤에 눈을 떴을 때, 시 한 구절이 떠오를 것 같은 순간이 있었다.
그것을 어둠 속에서도 적어두는 습관을 들이고 싶었다.
자연스럽게 입 밖으로 흘러나온 노래를 나중에 적으려고 하면
잘되지 않을 때가 종종 있었기 때문이다.
그래서 나는 자다 일어나 시를 처음부터 끝까지 갈겨쓸 때가 있었다.
그때는 펜보다 매끄럽게 쓸 수 있는 연필을 즐겨 이용했다.

《시와 진실》

아이디어는 번개와 비슷하다. 순간적으로 생겨나 순간적으로 사라진다. 시인이나 소설가분만 아니라
창조적인 일을 지향하는 사람에게는 메모지와 필기도구는 필수적이다.

4월

26

대화

대화는 금세 이쪽저쪽으로 흔들린다.
많은 사람이 말을 하지만,
누구나 자신의 말 속에는 자기 자신뿐.
그뿐인가,
타인이 하는 말 속에도 자기 자신뿐.
들으려고 하지 않기 때문이다.

시 〈서간-제1 서간〉

미움받는 타입. 누구의 이야기도 듣지 않는 마이동풍형, 금세 자기 화제로 끌고 오는 아전인수형, 자기 목소리에만 귀를 기울이는 자기도취형.

9월

04

시작詩作

들판을 가고, 숲을 가고,
우리 노래를 흥얼거리며,
이렇게 온종일 지낸다.

《시와 진실》

샘에서 물이 솟아나듯이 연달아 시가 탄생한다. 괴테의 경우, 이러한 '시의 원천'은 평생 마르지 않았다.

4월

27

공부

뛰어난 예술가는,
소질보다도
공부에 힘입은 바가 크다.

《잠언과 성찰》

모차르트는 신동으로 인정받던 소년 시절, "뭔가 마법의 부적이라도 갖고 있느냐?"라고 묻자 이렇게
대답했다. "네, 갖고 있습니다. 공부라는 부적입니다."

9월

03

고독

그토록 몇 번이고 갈망했던 고독을
바로 지금 맛볼 수 있다.
이는 누구 하나 아는 사람 없는
혼잡 속에 있을 때만큼
진정으로 고독을 느낄 때가 없기 때문이다.

《이탈리아 기행》

1786년 이날, 이탈리아 여행 출발. 이탈리아 여행을 떠난 것은 공무원으로서의 바쁜 생활에서 해방되기 때문이기도 했다. 이름이 알려진 괴테는 가짜 이름을 사용하며 여행했는데 결국 본명이 알려지게 된다.

4월

28

열정

열정은
고뇌를 가져온다.

시 〈열정 3부작-화해〉

독일어로 열정은 Leidenschaft, 고뇌는 Leiden. 열정은 고뇌를 내포하고 있다.

02

영원한 현재

항상 이 현재를 소중히 하라.
어떤 상태에도,
어떤 순간에도,
무한한 가치가 있다.
각각이 영원의 발현이기 때문이다.

에커만 《괴테와의 대화》

1+1=2, 2+1=3, 3+1=4……. 이렇게 현재라는 순간(1)을 잇달아 더하면 끝이 없다. 각각의 1에 의해 무한히 만들어진다. 영원한 현재라는 것은 그런 의미다.

4월

29

안과 밖

골수에 없는 것은,
표피에도 나타나지 않는다.

시 〈예술-원형〉

안과 밖은 이어져 있다. 안색이 나쁜 사람은 신체의 내부 어딘가가 좋지 않은 것이다. 마음의 병도
얼굴에 나타난다. 괴테는 골상학(머리뼈의 모양을 보고 성격이나 운명을 판단하는 학문)에 관심을
두고 초상화를 수집했다.

01

사람의 마음

요컨대 사람의 마음을 움직이려면,
자신의 마음에서 우러나오는 것이어야 한다.

《파우스트》 제2부

이것보다 몇 줄 뒤에 "전 세계를 찾아도 눈에 띄지 않던 것을 우리는 자기 마음속에서 발견한다."라고
쓰여 있다. 타인에게 빌려 온 것인가, 아니면 그 사람 고유의 것인가는 뜻밖에도 쉽게 간파당하는 법이다.

4월

30

인간

인간이여, 고귀하라,
친절하고 선량하라!
우리가 아는 존재하는 모든 것과,
인간을 구별하는 것은
단지 이것뿐이기 때문이다.

시 〈신성神性〉

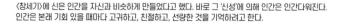

〈창세기〉에 신은 인간을 자신과 비슷하게 만들었다고 했다. 바로 그 '신성'에 의해 인간은 인간다워진다.
인간은 본래 기회 있을 때마다 고귀하고, 친절하고, 선량한 것을 기억하려고 한다.

8월

31

삶에 대한 경외심

한 마리의 거미를 죽였을 때,
나는 그것을 해야만 하는 일이었던가, 라고 생각했다.
신은 이 생물에게도 나와 마찬가지로,
오늘 이날을 즐기길 바라셨기 때문에!

《서동시집》

'아프리카의 성자'로 불리는 슈바이처는 어느 날 하마 무리를 목격하고 '살고자 하는 생명에 둘러싸인
자신'을 실감한다. 그리고 그것을 '생명에 대한 경외심'으로 표현했다.

01

사랑의 힘

한 사람을 정말
마음속 깊이 사랑하면,
다른 모든 사람에게도
호감을 느끼게 된다.

《친화력》

한 사람을 사랑함으로써 열린 마음은 만인을 향해 열린다. 한 사람을 증오함으로써 닫힌 사람은 만인을
향해 닫힌다. 먼저 한 사람부터 사랑해야 한다.

8월

30

게으름

우울증은 게으름과 무척 닮았습니다.
그것은 게으름의 일종입니다.
인간은 태생적으로 게을러지기 쉽습니다.
그러나 일단 마음을 가다듬고 분발하기만 하면,
일도 순조롭게 진행되고 활동하는 것도
즐거워지는 법입니다.
불쾌한 감정은 누구에게도 고맙지 않습니다.

《젊은 베르테르의 슬픔》

젊었을 때 괴테는 금세 우울해지는, 감정의 기복이 심한 인간이었다. 그 분신인 베르테르는 반성의
마음을 담아 감정 조절이 필요하다고 호소하는데, 결국 그것에 실패하고 자살하고 만다.

5월

02

관습

인간이 있는 곳에
관습이 있다.

《빌헬름 마이스터의 편력시대》

인간이 태어나 처음으로 갖게 되는 것이 가정이다. 가정은 관습의 학교이며, 부모는 그 교사다.

29

혈통

아버지에게는 건강한 몸과 성실한 생활태도를,
어머니에게는 명랑함과 이야기 만드는
즐거움을 이어받았다. 증조부는 미인을 좋아하여
그것이 가끔 나에게도 나타나고,
증조모는 금은 장식을 즐겼는데,
그것 역시 내 몸에 흐르고 있다.

풍자시집 《온순한 크세니엔》

아버지 쪽은 직인, 어머니 쪽은 법률가 가계로, 어머니 쪽 조부는 프랑크푸르트 시장을 지냈다. 부모 등
에게서 이어받은 자질을 요약하면서 괴테는 자신에 대해 이야기하고 있다. 동시에 스스로의 인생을
요약하고 있다.

5월

03

인생

그녀의 목소리가 들립니다.
인생의 한순간 한순간이
우리에게 주는 멋진 선물입니다.
어제 일은 아무래도 상관없습니다.
내일 일은 어떻게 될지 모르지만,
태양이 저물어도 즐거움은 사라지지 않습니다.

시 〈열정 3부작-비가〉

《열정 3부작》은 일흔 살을 넘긴 이후의 작품으로, '그녀'는 당시 괴테가 사랑했던 젊은 여성이다. 그녀는
노년의 시인에게 새 생명을 불어넣고 인생의 의의를 재확인하게 한다.

8월

28

탄생

나는 조산사의 실수 때문에 죽은 아이로
이 세상에 태어나 다양한 조치 끝에
햇빛을 볼 수 있었다.
이것이 계기가 되어 내 할아버지인 시장이
조산사 교육을 개혁하고,
이 일이 나중에 태어난 사람들에게 도움이 되었다.

《시와 진실》

1749년 이날 정오, 괴테는 프랑크푸르트암마인에서 종소리와 함께 태어났다. 조산사(산부인과 간호사)의
교육 개혁은 그의 생애에 반복적으로 보이는 '전화위복'의 첫 사례다.

5월

우주와 나

나는
우주에서 도대체 어떤 존재일까.
어떻게 나는 우주와 마주하고,
어떻게 나는 우주의 중심에 설 수 있을까.

《빌헬름 마이스터의 편력시대》

별이 가득한 하늘을 올려다보며 장엄하기 그지없는 우주를 처음으로 목격한 것처럼 느끼며, 충격과
경악에 휩싸인 빌헬름 마이스터는 이렇게 중얼거렸다.

27

자신을 알다

자기 자신을 응시하는 것만으로는, 자신을 알 수 없다.
자기의 기준으로 과소하게, 혹은 종종 과대하게
자신을 어림잡게 되기 때문이다.
인간은 인간과 바뀌면서 비로소,
자신이라는 존재를 이해한다.
현실 생활만이, 자신이 누구인지를 가르쳐준다.

《토르콰토 타소》

글자 그대로 사람과 사람 사이에 있는 것이 인간이다. "한 사람은 사람이 아니다."라는 라틴어 속담도
있다.

05

아이처럼

그녀의 목소리가 들립니다.
나처럼 당신도 밝고 명랑하게,
이 순간을 직시하세요! 망설임은 쓸데없는 짓!
자, 이제 진심으로 이 순간에 몰입합시다.
일할 때도, 놀 때도, 사랑할 때도,
항상 아이처럼 행동한다면,
당신은 무적입니다.

시 〈열정 3부작-비가〉

인간에게 가장 행복한 시간은 무언가에 완전히 몰입해 있는 시간이다. 확실히 어린 시절에는 그런
시간이 많이 있었다. 노년이 되어 그것을 다시 체험할 수 있다면 최고의 행복일 것이다.

8월

26

여성의 리드

기품 있는 남자는
여자의 좋은 한마디에 의해
저 멀리 이끌려가는 법입니다.

《타우리스 섬의 이피게니에》

남자에게는 동성보다 이성의 말에 귀를 기울이는 경향이 있다고 괴테는 생각했던 것 같다. 동성보다
이성에게 더 솔직해질 수 있다는 것일까.

5월

06

인생의 원칙

멋진 인생을 보내고 싶다면,
지나간 것은 신경 쓰지 말고,
화내지 않도록 노력하고,
항상 현재를 즐기고,
특히 아무도 미워하지 말고,
내일 일은 신에게 맡길 것.

격언 시

원칙이란 좀처럼 지키기 어려운 법이다. 이 다섯 가지 원칙도 마찬가지다. 적어도 그중 하나만이라도
실행할 수 있다면 좋겠다.

8월

25

지식

박식하지 않은 사람일수록
자신을 박식하다고 믿는다.
지식과 함께,
의문은 늘어난다.

《잠언과 성찰》

몽테뉴는 무지에는 "지식 앞에 있는 초보적인 무지와 지식 뒤에 오는 박식의 무지가 있다."고 말했다.
지식이 늘어날수록 모르는 것도 늘어난다.

07

장점과 단점

다감한 청년을 가장 불안하게 하는 것은
끝없는 잘못의 반복이다. 우리는 장점을 키우는 동시에
단점을 키운다는 것을 나이 든 후에 깨닫는다.
장점의 토대에는 단점의 뿌리도 함께 내린다.
둘 다 가지와 잎을 이리저리 넓히지만
장점은 밝은 빛에서 뻗어 나가고,
단점은 어둠 속으로 향한다.

《시와 진실》

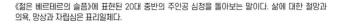

《젊은 베르테르의 슬픔》에 표현된 20대 중반의 주인공 심정을 돌아보는 말이다. 삶에 대한 절망과
의욕, 망상과 자립심은 표리일체다.

24

길을 잘못 들다

자신의 현명함에 말려들어
길을 잘못 들지 말라.

《에그몬트》

누구도 길을 잘못 들 때가 있다. 어리석은 사람은 자신의 어리석음 때문에 포기하지만, 현자는 자신의 어리석음을 깨닫기까지 몇 번 더 착오가 필요하다. 자신의 어리석음을 깨닫는 것이 현자로 가는 한걸음이다.

5월

08

조언

**타인에게 유익한 조언을 얻을 수 있다는 것은,
그것을 스스로 해결한 것과 같다.**

《잠언과 성찰》

뛰어난 조언자는 상대방의 입장이 되어 세심하게 생각해준다. 그것은 조언자에게 자신의 상황을
잘 전달했기 때문이다. 자신의 상황을 정확하게 설명할 수 있다면 문제는 거의 해결되었다고 봐도 된다.

8월

23

변심

인간이 변심하지 않는다면,
그게 오히려 이상하다.
이 세상에 변하지 않는 것이 과연 있을까.
왜 우리의 정념만이
변하면 안 되는 것일까.

《클라뷔코》

고대 그리스의 철학자 헤라클레이토스는 '판타 레이(만물유전)'라고 했다. 인간의 감정도 유전을
피할 수 없다. 변심의 변명에는 부족함이 없다.

09

색채론

시인으로 내가 해온 일에는 별로 자부심이 없다.
뛰어난 시인은 과거에도, 현재에도,
또 미래에도 있을 것이다.
그러나 금세기에 색채론이라는 난해한 학문에서
무엇이 옳은지를 아는 사람이 나 혼자라는 사실은
좀 자랑스럽다. 그렇기에 내가 뛰어나다는 것이다.

에커만 《괴테와의 대화》

1810년 이날, 완성. 괴테가 후세 사람들에게 가장 높이 평가받길 바랐던 것은 《파우스트》보다 장대한
저작 《색채론》이었다. 발표 당시에는 평가받지 못했지만, 최근에는 계속 평가가 높아지고 있다.

8월

22

정념

담쟁이덩굴이라든가 섬세한 정념이라는 것은
무언가에 휘감겨야 비로소,
잎을 뻗고, 꽃을 피운다.
나무줄기나 벽이 없으면,
그것은 메마르고, 사라져버릴 것이다.

격언 시

착하고 예쁜 '히스톤'이 전쟁터에서 돌아오지 않는 키 큰 약혼자를 기다리다 죽었는데, 그 무덤에서
덩굴 식물이 돋아나 높은 담 위로 뻗어 나갔다. 이를 두고 사람들이 담쟁이덩굴로 부르게 되었다는
그리스 전설이 있다.

10

천문학

나의 관심은 항상 이 지상에 있고 나와 가까운 곳에
존재하며 내 감각으로 직접 지각할 수 있는
대상에만 쏠려 있었다.
그래서 천문학에는 손대지 않았다. 천문학에서 감각은
도움이 되지 않고, 역학에 필요한 기구나 계산 등이 필요하므로
그것만으로도 족히 평생을 요할 것이다.

에커만 《괴테와의 대화》

고대 그리스의 철학자 프로타고라스는 "인간은 만물의 척도다."라고 말했다. 괴테는 인간의 눈에 빛이
어떻게 보이는지를 연구했는데, 이에 반해 뉴턴은 빛의 물리학적 성질을 분석했다.

21

보편성

특수한 것은 공감을 부르지 않는 게 아닐까
걱정할 필요는 없다. 각각의 것은
아무리 특이하더라도 보편성을 갖는다.
돌에서 인간에 이르기까지
그려질 수 있는 모든 것에 보편성이 있다.
만물은 회귀하고, 딱 한 번밖에 존재하지 않는 것은
이 세계에 없기 때문이다.

에커만《괴테와의 대화》

특수한 것은 보편성을 갖고 있기 때문에 바로 사람들에게 이해받는다. 확실히 같은 것이 반복, 존재하는
점에 사물의 보편성이 있다.

11

보색 잔상

저녁 무렵 어느 술집에서 나는 눈부실 정도로
새하얀 얼굴에 새빨간 옷을 입은
검은 머리의 소녀가 들어오는 것을
희미한 빛 속에서 가만히 응시했다.
잠시 후 그녀가 떠나가자 맞은편 하얀 벽에서
밝은 반짝임에 휩싸인 검은 얼굴과
윤곽이 뚜렷한 녹색 옷이 보였다.

《색채론》

하얀 얼굴이 검은 얼굴로, 새빨간 옷이 녹색 옷으로 보인다. 이것은 일상에서 흔히 볼 수 있는 '보색 잔상'
이라 불리는 현상으로, 괴테가 그 첫 보고자이며 발견자로 여겨지고 있다.

20

선입관

인간의 선입관은, 각자의 성격에 기초하여,
그 사람의 상태와 밀접하게 맺어져 있어서
그것을 극복하기란 대체로 불가능하다.
여기에 대해서는 명백한 증거도 분별도 이성도
전혀 영향을 줄 수 없다.

《잠언과 성찰》

사람에게는 각각 바위처럼 움직이기 힘든 선입관이 있다. 인간관계란 요컨대 그런 타인의 선입관과
싸우는 것이다.

12

유색 음영

만월의 밤에 달빛을 향해 칸막이를 세우고
그 양쪽에 촛불을 켠다. 칸막이 뒤에는 달빛 그림자가 생긴다.
달빛도 촛불 그림자도 흰색 또는 노란색을 띤 색인데,
촛불에 비친 달빛의 그림자 부분은 붉은 기를 띤 노란색으로,
달빛에 비친 촛불의 그림자 부분은 푸른색으로,
그리고 양쪽의 그림자가 겹쳐진 부분은 검은색으로 보인다.

《색채론》

괴테는 이 흥미로운 현상을 '유색 음영'이라고 불렀다. 현대의 색채학 또는 광학에서도 인정받고 있는
현상으로, 괴테가 그 발견자다. 달 밝은 밤에 한번, 시험해보고 싶은 실험이다.

8월

19

벼락출세

높이 뛰어오른 만큼,
아래로 떨어지지 않으면 좋을 텐데.

《괴츠 폰 베를리힝겐》

갑자기 높은 지위에 올라 사람들의 이목을 집중시키는 인물이 있다. 다양한 억측이 난무하는 사이에 그는 거품처럼 사라진다. 최근에 종종 목격되는 현상이다.

5월

13

눈과 빛

눈이 존재하는 것은 빛 덕분이다.
빛은 동물의 기관 가운데 빛을 감지하는
기관 하나를 불러일으킨다.
그리하여 눈이라는,
빛을 위한 기관이 빛에 의해 형성된다.
내재된 빛이 외부의 빛을 맞이한 것이다.

《색채론》

빛이 없으면 눈은 필요 없다. 눈이라는 기관의 발생은 빛의 존재와 관계가 크다. 색채는 눈의 작용으로
생긴다는 것이 괴테의 생각이다. 그런 눈의 작용을 만들어낸 것은 빛 그 자체이다.

18

질투

사람은 월등한 차이가 나는 것에 관심 두지 않는다.
단지 자신과 동등한 자를 질투한다.
세상에서 가장 악질적인 질투쟁이는
타인을 모두 자신과 동등한 자로 보는 인간이다.

《경구집》

질투한 적이 없는 인간은 없을 것이다. 질투만큼 인간의 성선설을 의심하게 하는 것은 없지만, 질투하는
인간은 그 밖에 아무것도 할 것이 없는, 세상에 싫증이 난 인간이기도 하다.

5월

14

자신

세월을 거듭함에 따라
미지의 것을 자주 경험하겠지만,
항상 있는 그대로의 모습으로 살며,
자기 자신을 잃지 않도록 노력하라.

풍자시집 《온순한 크세니엔》

있는 그대로의 모습이라고 해봤자 그것이 언제 어떻게 만들어졌는지는 본인도 모른다. 문득 정신이
들었을 때 여기에 있는 것이 '자신'인 것이다. 그 '자신'을 소중히 하자. 인생에서 소중한 것은 변화보다
지속이다.

8월

17

여력

**누구에게나,
자신이 확신하는 것을 이룰 정도의 여력은
남아 있는 법이다.**

《잠언과 성찰》

몸과 마음은 하나다. 확신하는 것 자체가 정신적인 에너지의 산물이며, 확신하는 것이 새롭게 에너지를
낳는다. 확신 그 자체가 힘이다.

15

놀라움

놀라움에 휩싸이는 것이야말로,
인간에게 최고의 보석이다.
세상은 좀처럼 그것을 주지 않지만,
일단 놀라움에 휩싸이면,
터무니없는 것을 느낄 수 있다.

《파우스트》 제2부

최고의 가치가 있는 미지의 것과 만남은 최고의 놀라움을 낳는다. 신들이 사는 세계에서 절세 미녀
헬레네를 목격하고 정신을 잃은 파우스트는 이윽고 의식을 되찾고 헬레네와 서로 사랑하게 되어 최상의
행복을 맛본다.

16

보편과 특수

분리하고, 결합하고, 모습을 바꾸고,
특수하게 되고, 보편적인 것이 되어 유동한다.
생성과 소멸, 창조와 파괴, 탄생과 죽음, 환희와 고뇌,
이것들이 만물의 근본 원리다.
그 때문에 가장 특수한 것도,
결국은 가장 보편적인 것의 실물과 똑같거나
비슷한 모습으로 나타난다.

《빌헬름 마이스터의 편력시대》

보편과 특수의 관계는 물에 대해 생각하면 알기 쉽다. 물은 항온에서는 액체, 빙점 아래의 조건에서는
얼음, 비점을 넘으면 수증기가 된다. 다 같은 H_2O다. 이산화탄소나 재, 다이아몬드가 되는 탄소도
마찬가지다.

5월

16

식탁의 화제

먹거나 마실 때는
예술에 대해 이야기하는 것이
가장 좋다.

비더만 《괴테 대화록》

괴테는 식탁에서 맛 좋은 와인과 즐거운 대화를 빠뜨리지 않았다. 1796년 이날, 막 도착한 조각상을
한 손에 들고 경애하는 슈타인 부인과 와인잔을 기울였다.

15

보편과 특수

보편적인 것과 특수한 것은 상등하다. 특수한 것은, 바로 서로 다른 조건 아래서 생겨나는 보편적인 것이다.

《빌헬름 마이스터의 편력시대》

보편적인 이념, 예를 들어 고대 그리스 도시국가의 민주주의는 시민 전원이 직접 참여하는 형태를 취하는데, 현대의 민주주의는 대의제라는 간접적인 형태를 취한다. 국민의 뜻을 반영한다는 전제는 같다.

5월

17

원原식물

우리가 잎이라고 부르는 식물 기관에
모든 형성물 속에 숨었거나 나타나는
진짜 프로테우스가 감춰져 있다는 사실이,
나에게는 확실해졌다.

《이탈리아 기행》

프로테우스는 그리스 신화에 나오는 자유자재로 모습을 바꾸는 바다의 신이다. 잎이야말로 '원식물'로,
식물의 모든 부분은 이것이 변형된 것이라는 괴테의 시각은 현대 식물학에서 인정받고 있다.

8월

14

유사

존재하는 것은 무엇이든지,
존재하는 모든 것의 유사체이다.
그 때문에 존재는 항상 동시에 분리되고
결합하여 우리 앞에 나타난다.
이 유사성을 극단적으로 추진하면
모든 것이 같아진다.

《빌헬름 마이스터의 편력시대》

개별적인 것들 사이에 공통적인 것이 없으면 이 우주와 인간 사회는 성립하지 않는다. 서로 다른 인간이
조금이라도 서로 이해할 수 있는 것은 이 유사성의 원리에 의한 것이다.

5월

18

무지개

무지개도 15분 정도 계속되면, 아무도 거들떠보지 않는다.

《잠언과 성찰》

괴테가 해명하지 못한 유일한 색채 현상이 무지개다. 뉴턴의 분석을 고집스럽게 인정하려고 하지 않았던 괴테는 무지개가 나타나도 눈을 감고 보지 않으려 했다고 한다. 그러나 그는 무지개의 아름다움은 충분히 알고 있었다.

13

근심

눈 속에 모기가 날아다니는 것처럼 보일 때가 있다.
근심이란 실로 그런 것이다.
아름다운 세계를 봐도, 거미집 같은 회색으로 보인다.
뒤덮는 게 아니라 그저 스쳐 갈 뿐인데,
영상은 흐려지지 않는다고 해도 헝클어져,
세계는 맑고 투명한데, 눈 속에서는 일그러지게 된다.

풍자시집 《온순한 크세니엔》

아마 괴테는 '비문증(안구의 이상 증상)'을 경험했을 것이다. 눈 속의 작은 그늘은 보이는 것 전부를 손상한다. 근심은 마음에 자리 잡은 '비문' 같은 것이다. 그렇게 자각하는 것이 바로 근심을 누그러뜨리는 방법이 아닐까.

19

무지개다리

벼랑을 부서져 내리는 폭포여,
가만히 바라보니 차츰 마음은 황홀로 채워진다.
잇달아 난무하는 물은 천 가지 흐름이 되고,
만 가지 흐름이 되어 흘러들고,
하늘 높이 물보라를 흩뿌린다.
아아, 이 얼마나 아름다운가, 이 격류에서 생겨나
변화하며 지속하는, 다채로운 무지개다리.

《파우스트》 제2부

거봉이 우뚝 솟은 알프스 산중에서 태양을 등지고 커다란 폭포 앞에 선 파우스트는 무지개다리에
홀려 거기에서 생명의 고동을 느끼고 새로운 활동을 향한 결의를 맹세한다.

8월

12

사랑

사랑에 대해 말하기 전에,
자신의 마음에 사랑을 키워야 한다.

《경구집》

한용운의 시 〈님의 침묵〉의 한 구절이다. "아아, 님은 갔지마는 나는 님을 보내지 아니하였습니다."

5월

20

무지개

무지개야말로 인간의 행위를
비춰내는 거울이다.
그것을 보면서 생각하면
더 잘 알 수 있을 것이다.
다채로운 빛의 반짝임,
그것이 바로 인생임을.

《파우스트》 제2부

무지개라는 순간의 현상은 인간의 생애와 닮았다. 인간은 우주 속에서 한순간에 불과하지만,
그렇기에 귀중한 것이다.

8월

11

성격

이것은 내가 할 수 있다고 느낀 것을 끊임없이 좇는 것,
이것은 크건 작건, 인간의 성격이라는 것이다.

《잠언과 성찰》

그 사람이 어떤 인간인가는 행동에 나타난다. 특히 어떤 것에 열중하는가에 나타난다. 아이들에게는
이것이 잘 들어맞는다. 무언가에 열중함으로써 아이는 자기 자신을 완성한다. 아마 어른도 그럴 것이다.

5월

21

고난

피할 수 없는 고난을 만나면,
지루했던 일상이 그리워진다.

격언 시

파스칼은 이 세상 모든 불행의 원인은 지루함을 견딜 수 없어 거리로 뛰쳐나와 스스로 재앙을 불러들이는 것에 있다고 말했다. 인생은 고난과 지루함의 시소게임이다.

8월

10

인간

**인간에게 가장 흥미로운 것,
그것은 바로 인간이다.
그 이외의 것에 흥미를 두면 안 된다.**

《빌헬름 마이스터의 수업시대》

짐작하겠지만, 괴테가 가장 흥미를 두었던 것은 인간이었다.

5월

22

지배와 복종

아무도 지배하지 않고
아무도 복종하지 않고
누군가로 있을 수 있는 인간이야말로,
정말 행복하고 위대하다.

《괴츠 폰 베를리힝겐》

인간에게 가장 불쾌한 것은 타인에게 이것저것 명령받는 일이다. 많은 사람이 가장 쾌감을 느끼는 것은 타인을 생각대로 조종하는 것이다. 이 지배와 복종의 시소게임 속에서 인간관계가 전개된다.

8월

09

욕망

저 언덕 위 노인들을 물러나게 하고
저 보리수 아래서 쉬고 싶다.
저 얼마 안 되는 나무들이 내 것이 아니라는 사실이,
세계를 내 것으로 삼고자 하는
내 바람을 해치고 있다.

《파우스트》제2부

세상의 거의 모든 재물을 손에 쥔 파우스트에게도 딱 한 가지 마음대로 되지 않는 것이 있었다. 궁전에서
보이는, 높은 언덕에 사는 노부부의 집과 정원이었다. 끝이 없는 것, 그것이 욕망이다.

5월

이해

이해할 수 없는 것은,
소유할 수 없다.

《잠언과 성찰》

특히 지식에 대해 할 수 있는 말이다. 문장의 표면적 의미는 기억해도 자신의 머리로 이해하지 않는 한 지식으로 남지 않는다. 소유하고 있는가 아닌가는 그것을 응용할 수 있는가 없는가로 알 수 있다.

8월

08

대신의 그릇

**머리가 잘 돌아가고,
실행력이 있고, 의연하고,
만사를 이해하고,
위에도 아래에도 싹싹하고.
그런 사람이야말로 대신의 그릇.**

시 〈사계-가을〉

괴테는 바이마르공화국에서 군주에 버금가는 입장에서 재정이나 광산 개발 등의 정무에 임했다.
이 대신의 요건은 괴테 자신의 자화상으로도 해석할 수 있다.

5월

24

성서

나는 성경을 애독했다.
나의 도덕적 형성이 거의 성경에 의한 것이기 때문이다.
이야기하는 사건, 교훈, 상징, 비유 등, 모든 것이
내 안에 깊이 각인되어 다양한 방식으로
나에게 영향을 주었다.

《시와 진실》

서구 문화를 이해하려면 그리스 고전과 함께 성경이 필수불가결하다. 사춘기 시절, 괴테는 구약성서
최초의 몇 권, 특히 〈창세기〉를 읽고 혼란스러워질 것 같은 마음을 가라앉혔다고 한다.

평화로운 세계

사람들이 평화롭고 사이좋게 살아가고,
서로를 아끼는 것이 무엇과도 바꿀 수 없는 가보로
대대손손 계승된다면, 모두가 각자 자신의 것을 소중히
하며 번영하고, 지금처럼 '타인을 밀어내지 않으면
나는 성장할 수 없다'고
생각하는 일도 사라질 것이다.

《괴츠 폰 베를리힝겐》

청렴하고 고결하며, 용맹하고 과감한 기사 괴츠의 이 말은 바이마르공화국에서 일하는 정치가로서
괴테의 이상을 이야기하는 것이기도 하다.

5월

25

학습

우리는 모두 과거에 존재했던 사람들과
우리와 함께 존재하고 있는 사람들에게
받아들여지고 배워야 한다.
아무리 뛰어난 천재라고 해도 모든 것을
자기 덕분이라고 생각한다면 그 사람에게는
이미 그 이상의 진보는 없을 것이다.

에커만 《괴테와의 대화》

미국의 철학자 에머슨은 "가장 위대한 천재란 타인의 덕을 가장 많이 받은 사람이다."라고 말했다.
1803년 이날, 에머슨이 탄생했다. 그리고 그의 형은 1824년 괴테를 찾아갔다.

06

결단

인간의 생애에서 운명을 결정하는 것은,
결국 순간입니다.
아무리 오랜 시간을 생각해도,
결심은 순간의 작용일 뿐입니다.
분별 있는 사람만이 올바른 결정을 내립니다.

서사시 《헤르만과 도로테아》

아무리 숙고를 거듭해도 최후의 결단은 한순간에 내려진다. 그 한순간에 그 사람의 그때까지 삶의 방식
이나 사고방식이 응축되어 있다.

26

생활

한 인간의 생활 그 자체가,
그 사람의 성격이다.

《이탈리아 기행》

매일 일어나서 잘 때까지 당신이 하고 있는 일 속에 당신이 있다.

05

대화

"자넨 어디서 왔나?"
"황금이 사는 바위의 갈라진 틈에서 왔습니다."
"황금보다 멋진 건 뭔가?"
"빛입니다."
"빛보다 기분 좋은 건 뭔가?"
"대화입니다."

《독일 피난민의 대화-메르헨(동화)》

서로 속속들이 아는 친한 사이끼리 이런저런 이야기꽃을 피우는 때만큼 즐거운 건 없다. 오랜 반려자와의 일상적인 대화에, 바로 멋진 인생이 있다.

5월

27

결여된 것

우리의 견해는 우리 존재의 보각에 불과하다.
사람이 어떻게 생각하느냐에 따라,
무엇이 그 사람에게 결여됐는지 알 수 있다.

《잠언과 성찰》

보각은 합치면 180도가 되는 두 각의 관계를 나타내는 수학용어다. 60도의 보각은 120도다. 영양보
충제를 의미하는 '서플리먼트Supplement'라는 말도 여기에서 나왔다. 무언가가 결여된 존재, 그것이
인간이다.

8월

04

무관심

계절의 변화 등에 관심이 없어지고
이렇게 기분 좋은 자연의 선물에 무감각해질 때
최대의 불행, 최악의 병이 나타나,
인생이 무거운 짐으로 느껴지기 시작하는 것이다.

《시와 진실》

괴테 자신이 실연 체험을 소재로 《젊은 베르테르의 슬픔》을 쓸 때까지, 정신의 중대한 위기 속에서 체험한
것이었다. 외부 세계에 관한 관심을 잃고 계절과 꽃을 아름답다고 느끼지 못하게 되면 정신의 위험 신호가
온 것이다.

5월

28

요리

소녀는 항상 바쁘게 움직이며 일하고,
현명한 남편을 행복하게 하려고
가사에 힘쓰고,
뭔가 책이 읽고 싶어지면
항상 손에 쥐는 것은 요리책.

시 〈서간-제2 서간〉

나태주의 시 〈완성〉에 이런 구절이 있다. "집에 밥이 있어도 나는, 아내 없으면 밥 안 먹는 사람."

03

나폴리

가는 곳마다 즐거움이 넘쳐나고 오가는 사람들은
더할 나위 없이 기쁨으로 가득 차 있다.
이 맑게 갠 푸른 하늘 아래에서는
그 어떤 것도 결코 지나치게 화려한 것은 없다.
어떤 것도 이 태양의 반짝임과 그것을 반사하는
바다의 반짝임에는 당해낼 수 없기 때문이다.

《이탈리아 기행》

"나폴리를 보고 죽어라."라는 유명한 속담이 있다. 나폴리는 세계 3대 아름다운 항구 중 하나로 꼽힌다.

5월

29

수작업

모든 생활, 모든 행동, 모든 기술에는
손으로 하는 일이 선행되어야 한다.
한 가지 수작업을 똑바로 알고 실천하는 것이
백 가지를 어설프게 해내는 것보다
몸과 마음의 훨씬 커다란 자양분이 된다.

《빌헬름 마이스터의 편력시대》

손은 제2의 뇌라고 한다. 손을 단련하는 것은 두뇌를 단련하는 것과 통한다.

8월

02

발견의 시대

자연의 세계에 관해,
다른 어느 시대보다도
위대한 발견이 많았던 시대에 태어나서
나는 행복했다.

에커만 《괴테와의 대화》

괴테가 태어난 지 3년 후인 1752년, 프랭클린은 벼락의 본성인 전기라는 것을 발견하고, 그 후 전기에 관한 연구의 개척자가 되었다. 갈바니, 볼타, 옴, 패러데이 등의 위대한 발견자들은 모두 괴테와 동시대인이다.

30

노인

노인은 항상
리어와 같은 법!

풍자시집 《온순한 크세니엔》

비극 《리어왕》의 주인공은 분별을 잃고 세세한 것에 금세 화를 내고, 딸들에게 속은 것도 깨닫지 못하고, 몸뚱이 하나로 황야에 내버려져, 분노한 끝에 숨이 끊어진다. 내 몸이 그렇게 되지 않도록 기도할 뿐이다.

8월

01

초심

좋은 사람은 항상 초심자다.

《잠언과 성찰》

초심에도 일을 시작했을 때의 초심, 경험을 쌓은 후의 초심, 나이가 든 후의 초심, 이 세 가지가 있다.
어느 '초심'도 잊지 않는 게 좋은 사람이다.

5월

31

천상천하 유아독존

다양한 능력을 두루 키울 수 있다면,
그 이상 좋은 것은 없다.
그러나 인간은 천성적으로 그렇지 못하다.
인간은 본래 누구나 자기를 독자적인 존재로
완성해야 한다. 한편으로 사람들과 협력하여
무엇을 할 수 있는지 생각해야 한다.

에커만 《괴테와의 대화》

인간은 누구나 독자적인 존재다. '만능 천재' 같은 것은 존재하지 않는다. 인간은 제각각 어떤 특정한
능력에 치우친 존재다. 그래서 '협력'이 필요하다.

7월

31

시칠리아

시칠리아는 나에게
아시아와 아프리카를 시사한다.
세계사의 이처럼 많은 활동의 화살이 향해진
이 경탄해야 할 지점에 서는 것은
결코 하찮은 일이 아니다.

《이탈리아 기행》

지중해 최대의 섬 시칠리아는 고대 페니키아와 그리스, 북아프리카의 카르타고, 로마, 비잔틴제국,
아랍인, 노르만인 등에게 지배를 받았다. 실로 세계사의 아수라장이었던 것이다. 괴테는 이곳에 한 달
이상이나 체재하며 식물과 광물을 관찰했다.

01

사랑의 화살

사랑의 신이 쏜 화살의 효력은 다양해서,
찰과상으로 끝날 때도 있는가 하면,
독이 퍼져 몇 년씩 마음이 아플 때도 있다.
하지만 갓 간 화살촉,
강한 깃털이 달린 화살은, 뼛속에 파고들어
금세 피를 끓어오르게 한다.

시 〈로마 비가〉

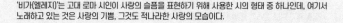

'비가(엘레지)'는 고대 로마 시인이 사랑의 슬픔을 표현하기 위해 사용한 시의 형태 중 하나인데, 여기서
노래하고 있는 것은 사랑의 기쁨, 그것도 적나라한 사랑의 모습이다.

7월

30

언짢음

어쨌든 나는 알베르트에게 존경의 마음을 금할 수 없다.
그의 침착한 태도는 내 불안정한 성격과는 대조적이다.
그는 감정이 풍부한 사람으로, 로테의 일을 잘 이해하고 있다.
기분이 언짢아지는 일도 거의 없는 것 같다.
너도 알다시피 내가 다른 무엇보다 싫어하는 것은
이 언짢음이라는 인간의 죄다.

《젊은 베르테르의 슬픔》

베르테르는 열렬히 사랑하는 로테의 약혼자 알베르트를 만나고, 그가 성격이 안정된 훌륭한 인간이라는
사실을 알게 된다. 그러자 베르테르의 절망감은 점점 더 깊어진다.

02

대리석상

눈으로는 사랑스러운 가슴 모양을 살피고,
손을 허리에서 아래로 미끄러뜨리며,
그렇게 얼마나 많은 것을 배웠는지.
이런 식으로 대리석상도 더 잘 이해할 수 있으니,
더 잘 생각하고, 비교하고,
느끼는 눈으로 보고, 보는 손으로 느낀다.

시 〈로마 비가〉

이탈리아 여행의 목적 중 하나인 그림 공부를 위해서도 '대리석상' 연구는 큰 도움이 되었던 것 같다.

29

사랑의 마력

안거나 안기거나 하는 사랑의 장난은
쇠사슬 같은 것으로
두 사람을 매력으로 꽁꽁 묶는데,
아가씨라는 존재를 사랑하면
머리카락을 잘린 삼손보다 약해지는 법입니다.

《괴츠 폰 베를리힝겐》

삼손은 괴력의 비밀이 머리카락에 있다는 것을 애인 델릴라에게 흘리고, 머리카락이 잘려 붙잡힌다.
그러나 옥중에서 머리카락이 다시 자라 괴력이 돌아온다.

6월

03

시작詩作

그녀의 가슴에 안겨 시를 지었던 것도 수차례.
그녀의 등을 손끝으로 두드리면서
각운을 헤아렸던 것도.
귀여운 잠 속에서 그녀가 숨 쉬면,
그 숨은 내 가슴 깊은 곳까지 불타오르게 하네.

시 〈로마 비가〉

괴테는 '안전한' 애인을 구해 로마에서 향락의 나날을 보냈다. 물론 그사이에도 창작 활동을 잊지 않았다.

28

안락의자

여기에 안락의자가 있지만 거의 사용하지 않는다.
안락이라는 것은 내 성미와 전혀 맞지 않는다.
내 방에는 소파가 하나도 없다.
나는 옛날부터 나무 의자를 사용했다.
안락하고 고상한 가구를 주위에 두면,
생각이 정리되지 않고 수동적인 상태가 되고 만다.

에커만 《괴테와의 대화》

괴테가 여든을 넘기고도 《파우스트》 제2부나 《시와 진실》을 완성한 에너지의 원천은 왕성한 정신뿐만 아니라, 쉼 없이 활동하는 육체에 있었다. 발명왕 에디슨은 "휴식Rest은 녹스는Rust 것"이라고 말했다.

6월

04

행복

이 얼마나 행복한가. 마음 놓고 키스를 나누고,
편히 숨과 생명을 서로 들이마시고는 불어넣는다.
이렇게 우리는 긴 밤을 즐기고, 가슴과 가슴을 맞대면서,
폭풍우와 비바람 소리에 귀를 기울인다.
로마인들이여, 이 행복을 나에게 허락하라.
그리고 모든 사람에게 최고의 즐거움을 주어라.

시 〈로마 비가〉

괴테는 "이렇게 행복했던 적은 없었다."라고 《이탈리아 기행》에 적었다. 모든 사람에게 이 행복을,
이라는 괴테의 바람이 이루어지길.

27

나이를 먹다

사람은 항상 생각했다.
사려가 깊어지려면 나이를 먹어야 한다고.
그러나 사실 나이를 먹음에 따라,
이전처럼 현명하게 행동하기가 어려워진다.
시대에 따른 변화는 있지만,
반드시 나이와 함께 좋아진다고는 할 수 없다.

에커만 《괴테와의 대화》

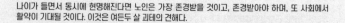

나이가 들면서 동시에 현명해진다면 노인은 가장 존경받을 것이고, 존경받아야 하며, 또 사회에서
활약이 기대될 것이다. 이것은 여든두 살 괴테의 견해다.

열기구

과감하게 치는 줄행랑이니,
커다란 짐은 쓸모없다.
내가 준비한 상당히 뜨거운 가스가,
눈 깜짝할 사이에 우리를 지상에서 떠올려준다.
우리가 가벼울수록 재빨리 공중으로 날아오른다.

《파우스트》 제2부

메피스토펠레스가 파우스트를 데리고 하늘을 날 때, 하는 말이다. 괴테는 바이마르에서 열기구를 날리는
실험을 했는데 프랑스 몽골피에 형제가 1783년 이날, 실험에 성공한 것을 알고 유감스러워한다.

7월

26

기분

기분이 어떻다고
말해본들 소용없다.
우물쭈물하는 자에게는,
결코 의욕은 찾아오지 않는다.

《파우스트》 제1부

'마음이 내키지 않는다'며 좀처럼 일을 시작하지 않는 사람이 있다. 의욕이 없으면 끝이다. 아무리 기다려도 그런 사람에게 의욕은 생기지 않는다. 중요한 것은 일단 시작하는 것이다.

6월

06

예의범절

예의범절은,
인간의 모든 모습이 반영되는 거울이다.

《잠언과 성찰》

철든 후, 인간의 모든 행동거지가 그 사람의 예의범절이 된다. 예의범절을 보면 그 성장 과정뿐만 아니라 형제자매의 모습까지 보인다. 게다가 자신의 예의범절을 위장하기란 거의 불가능하다.

25

결점

사랑하는 상대의 결점을
아름답게 여기지 않는 자는,
진짜 사랑한다고 할 수 없다.

《잠언과 성찰》

'제 눈에 안경'이라는 말이 있다. 사람을 사랑한다는 것은 그 사람의 모든 것을 사랑하는 것이다. 좋아하는 부분을 아무리 그러모아도 사랑은 생겨나지 않는다. 전체를 사랑하면 모든 부분이 아름답게 보인다.

6월

07

만족하지 않는 마음

만족을 모르는 파우스트의 천성적인 성격은
노년이 되어도 변하지 않아, 이 세상 모든 재산을 손에 넣고
스스로 만들어낸 새로운 나라에 살면서도
오두막 한 채가 자기 것이 되지 않음을 걱정한다.
그는 궁전 옆 나봇의 포도밭이 자기 것이 되지 않는 한
자기는 무일푼이라고 믿는 저 이스라엘의 왕 아합을 닮았다.

에커만 《괴테와의 대화》

구약성서 〈열왕기상〉 21장에 아합과 포도밭 이야기가 있다. 나봇은 무고하게 처형되고 아합은 밭을
손에 넣지만, 그 악행 때문에 자손은 대가 끊기게 된다. 사사로운 욕망이 큰 화근을 남기는 일례다.

7월

24

미신

**미신은 인간의 본질에 근거하는 것으로,
이것을 근절하려고 해도,
인간의 마음 한구석에 잠재되어 있다가
생각지도 못할 때,
갑자기 기어 나온다.**

《잠언과 성찰》

근거 없이 떠도는 말이나 과학적으로 증명할 수 없는 것을 믿는 것은 무엇이든지 믿고 싶다는 인간의 마음
작용에 의한 것이다. 괴테는 이것을 '인간의 본질'이라고 불렀다. 본질에 근거하는 것은 근절할 수 없다.

6월

08

이상의 여인

무슨 일이든 느긋하게, 그렇게 있으면서 나 자신의 취향을 누구보다 잘 아는, 그런 귀여운 여인과 만나고 싶다.

풍자시집《온순한 크세니엔》

과연 괴테는 이런 이상의 여인과 만났을까? 만년에도 이런 바람을 기록한 것을 보면 세상에 소위 '가려운 곳을 긁어주는' 상대는 좀처럼 존재하지 않는 듯하다.

7월

23

바보

함부로 사람을 우롱하는 게 아니다.
누구든 바보로는 여겨지고 싶어 하지 않는다.
그러나 바보를 바보로 부를 수 없다니,
이 얼마나 화나는 일인가.

격언 시

괴테도 '바보의 벽'에 대단히 시달렸을 것이다. 다년간 쌓인 울분이 노년이 되어 드디어 말에 드러나게
되었다. '바보의 벽'은 불멸이다.

09

대공大公

대공은 고급 포도주 같았는데, 아직 격하게 발효되는 중이었다.
그는 자신의 힘을 배출할 곳을 몰라,
우리는 종종 위험해질 뻔했다.
말을 타고 사냥을 나가 종일 녹초가 될 때까지
울타리나 수로를 뛰어넘고, 강을 건너고, 산을 뛰어다니고,
밤에는 숲속에서 모닥불을 피우고,
야영했던 적도 있었다. 그런 걸 좋아했다.

에커만 《괴테와의 대화》

카를 아우구스트 대공보다 여덟 살 연상인 괴테는 대공에게 무엇이든 이야기할 수 있는 친구, 또는
놀이 친구, 때로는 가정 교사 같은 존재였다.

22

영원한 여성

영원한 여성이,
우리를 높이 끌고 간다.

《파우스트》제2부

1831년 이날, 《파우스트》제2부 탈고. 《파우스트》의 마지막 두 줄이다. 여성 편력을 빼곤 생각할 수 없는 괴테의 생애를 요약하는 말이기도 하다. 거의 모든 작품에 열정을 기울인 여성의 그림자가 있다.

6월

10

하나를 보면 열을 안다

하나를 확실히 처리할 수 있는 사람은, 다른 많은 것도 해낼 수 있다.

에커만 《괴테와의 대화》

1823년 이날, 시인을 지망했던 에커만은 바이마르에 있는 괴테를 방문한다. 이날부터 약 9년에 걸친
대화의 기록이 시작된다. 그 첫날의 말이다. 당시 에커만은 서른 살, 괴테는 일흔세 살이었다.

21

노력

항상 노력하는 자를
우리는 구할 수 있다.

《잠언과 성찰》

'우리'란 파우스트의 영혼을 천상에 보내는 천사들이다. 파우스트도, 그리고 괴테 자신도 항상 끊임없이
노력하는 인간이다.

6월

11

오해

자기가 얼마나 자주 타인을
오해하는지를 자각한다면,
남 앞에서 많은 이야기를 할
마음이 들지 않을 것이다.

《잠언과 성찰》

둘이서 같은 책을 읽고 같은 풍경을 바라봐도, 읽어내는 것이나 기억에 남는 것은 거의 일치하지 않는다.
인간은 서로 다르기 때문에 일치하지 않는 게 당연하다. 그러므로 타인에게 오해 사는 일도 별로 신경
쓰지 않는 게 좋다.

7월

20

기능미

**최고의 유용성(합목적성)을 갖춘 것은
동시에, 아름답기도 할 것이다.**

《잠언과 성찰》

유선형 같은, 보이는 기능(유용성)에 준한 디자인의 아름다움이 널리 인정받고 있다. 이것을 재빨리
지적한 부분에 괴테의 혜안이 있다. "필요한 것이 갖춰지면 그것으로 완벽하다."고도 말하고 있다.

6월

12

불멸의 것

사물의 변하기 쉬움을 한탄하고,
무상한 세상의 고찰에 몰두하는 사람들을,
나는 유감스럽게 생각한다.
우리가 이 세상에 있는 것은,
변하기 쉬운 것을 불멸의 것으로 만들기 위함이며,
그것은 이 양자를 규명했을 때 비로소 가능해진다.

《잠언과 성찰》

'불멸의 것'을 우리가 사는 세계에서는 100년 단위 정도로 생각해도 좋지 않을까? 그런 의미에서는
사후 약 180년이 되는 괴테의 작품은 불멸이다.

7월

19

베토벤

이건 조금도 감동시키지 않는다.
그저 놀라게 할 뿐이다.
하지만 대단하다…….
실로 장대하고 터무니없다.
이것을 오케스트라 전원이 연주한다면,
집이 무너지진 않을까 걱정될 정도이다.

비더만 《괴테 대화록》

작곡가 멘델스존이 피아노로 연주한 베토벤 교향곡 제5번 〈운명〉의 제1악장을 듣고 난 후의 감상이다.
베토벤 음악의 참신함을 전하는 말이기도 하다. 1812년 이날, 괴테는 베토벤과 아는 사이가 된다.

6월

13

장미와 사과

장미를 보면 시를 쓰고,
사과를 보면 베어 먹어라.

《파우스트》 제2부

괴테에게 '장미'이기도 하고 '사과'이기도 했던 것, 그것은 여인이다. 그는 가는 곳마다 아름다운 장미를
감상하며 시를 짓고, 사과의 맛을 음미했다. 그것이 그의 가장 큰 활력소였다.

7월

18

신앙

신앙이란,
눈에 보이지 않는 것에 대한 사랑,
있을 수 없는 것,
있을 것 같지 않은 것에 대한
신뢰다.

《잠언과 성찰》

눈에 보이지 않는 것, 실제로 일어나지 않는 것이라면 아무것도 믿을 필요가 없다. 그렇지 않기 때문에 신앙이 생겨나는 것이다. 초기 기독교회 최대 사상가 아우구스티누스는 "불합리하기 때문에 나는 믿는다."라고 말했다.

6월

14

군주

오오, 군주여, 당신의 국토 한 조각이
당신 치세의 모범이 되도록!
당신은 군주의 의미를 잘 아신다.
분방한 영혼을 점차 다스려 가시겠지.
자신을 냉정하게 유지하고 견고한 의지로 사는 자는,
대부분의 꿈을 이룰 수 있다.
사람들 위에 서는 자는, 인내할 수 있어야 한다.

시 〈일메나우〉

1828년 이날, 카를 아우구스트 대공이 향년 일흔으로 서거. 그를 그린 시다. 일메나우는 대공이
젊었을 때 분방한 생활을 보냈던 곳이다.

7월

17

영혼 불멸

나에게 영혼 불멸의 신념은,
활동이라는 개념에서 생겨난다.
왜냐면 내가 인생의 끝까지 쉼 없이 활동하고,
현재의 내 정신이 이제는 버틸 수 없을 때,
자연은 나에게 다른
생존의 형식을 부여해줄 것이기 때문이다.

에커만 《괴테와의 대화》

괴테는 에커만에게 종종 영혼 불멸에 대해 이야기했다. 나이를 거듭함에 따라 스스로의 죽음을 의식했기 때문이 틀림없다. 쉰다는 것을 싫어한 괴테는 죽음을 새로운 활동의 출발로 생각했다.

6월

15

빙하

빙하가 북독일의 먼 육지에서
레만호까지 펼쳐졌던 시대가 있었다.
그때 큰 암석이 전진하는 얼음에 의해 밀려 내려가
결국에는 원래 장소에서 멀리 떨어진 곳에 도달한다.
이렇게 협곡을 내려가 결국에는 레만호 해안에 도달한 암석은
대기가 따뜻해지고, 빙하가 녹으면서 거기에 남겨진다.

과학논문 〈빙하시대〉

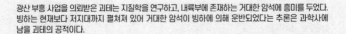

광산 부흥 사업을 의뢰받은 괴테는 지질학을 연구하고, 내륙부에 존재하는 거대한 암석에 흥미를 두었다.
빙하는 현재보다 저지대까지 펼쳐져 있어 거대한 암석이 빙하에 의해 운반되었다는 추론은 과학사에
남을 괴테의 공적이다.

7월

16

행위

태초에 행위가 있으니.

《파우스트》 제1부

우주의 시작에는 무엇이 있었을까. 성경에 "태초에 말씀(로고스)이 있었다."고 쓰여 있다. 파우스트는
'로고스'에 '의지', '힘' 등의 번역어를 대응시켜보지만, 최후에는 '행위'로 번역한다. 그리하여 파우스트는
행동하는 사람이 된다.

16

햄릿

햄릿과 그의 독백은 모든 젊은이의 마음에 악몽을
불러일으키는 망령이었다. 모두가 가장 감동적인 대목을
암기하고 즐겨 낭독했다. 그리고 망령을 봤던 적도 없고,
부왕의 원수를 토벌해야 하는 것도 아닌데,
덴마크 왕자처럼 우수의 늪에 빠져야 한다고 믿었다.

《시와 진실》

괴테의 청년 시절, 셰익스피어의 작품이 독일어로 번역되어 베스트셀러가 되었다. 괴테도 그것에 열광
했던 문학청년 중 한 사람이다. 햄릿은 젊은이들의 심정을 대신하는 대변자로 여겨졌다.

7월

15

우주의 근원

이 세계를 깊숙한 내부에서
움직이는 것은 무엇일까.
그것이 알고 싶다.
거기서 작용하는 모든 힘,
모든 종자를 밝히고 싶다.

《파우스트》 제1부

모든 학문을 연구한 파우스트는 가장 중요한 우주의 근원을 알 수 없는 것에 절망하고 살아갈 의욕을 잃어간다. 현대의 과학자도 이 궁극의 이론을 탐구하고 있다. 1773년 여름, 괴테는 《파우스트》를 쓰기 시작했다.

6월

17

자유

내 아이여,
자유로워지고 싶다면
뭔가 정당한 일을 익혀서
만족함을 알고
절대 위를 올려다보지 말도록!

시 〈사계-가을〉

자유란 타인에게 간섭받지 않고, 자기가 원하는 것을 수행하는 것이다. 거기에는 일단 경제적 자립,
그리고 자기 조절이 필요하다.

14

세계 시민

여기저기, 방방곡곡의
형제들에게 인사를 보낸다.
나는 세계 시민이자, 바이마르 시민.
나는 이 숭고한 고리에 교양을 갖고 참여했지만,
다른 더 좋은 방법을 아는 자는,
어디에서든지 그것을 찾는 것이 좋다.

풍자시집 《온순한 크세니엔》

만년의 괴테 곁에는 전 세계에서 사람들이 찾아와 각지의 정보를 가져왔다. 독일에 있으면서도 세계와
교류한 괴테는 실로 세계 시민이었다.

18

이념

어떤 위대한 이념도 현실화되자마자
폭군 같은 작용을 하여
이념이 가져오는 이익은 금세 손실로 변할 때가 있다.
그 때문에 어떤 제도도, 초심으로 돌아가 처음에 적절했던
모든 것이 지금도 적절하게 작용하고 있다고 판단됐을 때만
옹호하고 칭찬할 수 있다.

《잠언과 성찰》

정치에서 융통성 없는 관료제도는 모든 악의 근원이다. 개혁은 금세 구폐가 된다. 20세기 최대의
교훈은 러시아 혁명이다.

7월

13

잘못

잘못이나 실수야말로,
인간을 사랑해야 할 존재답게 만들어준다.

《잠언과 성찰》

도덕적이고 윤리적이며 완전무결한 사람은 다가가기가 어렵다. 동료가 될 수 있을 것 같은 사람은 자신과 마찬가지로, 때때로 발이 걸려 넘어지고 얼굴을 붉히는 사람이다.

6월

19

예술

모든 예술의 최고 과제는,
가상으로
현실에 더 높은 착각을 부여하는 것이다.

《시와 진실》

연극에 관련하여 한 말로 '가상'이란, 예를 들어 무대의 배경이 되는 대도구 등을 가리킨다. 골판지로 된
소도구에 불과한 것을 대리석 기둥처럼 보이게 하고, 어디나 있을 것 같은 남자를 진짜 왕처럼 보이게
한다. 그것이 예술이다.

12

사랑

에드아르트는 양손을 내밀어
"넌 날 사랑하는 거지. 오틸리에!"라고 외쳤다.
두 사람은 서로 꽉 껴안았다.
이 순간을 경계로, 그에게 세계는 일순 변하고,
자신은 이전의 자신이 아니었고,
세계도 이전의 세계가 아니었다.

《친화력》

사랑은 새로운 우주를, 새로운 세계를 만나는 것이다.

20

부자연의 자연

이렇게 완벽한 광경은,
자연 속에서는 결코 볼 수 없는 것이다.
이런 화상은
바로 화가의 시적 정신이 낳은 산물이다.

에커만 《괴테와의 대화》

귀가하는 농부를 그린 루벤스의 그림에 대한 평으로, 어두운 큰 나무를 배경으로 농부의 얼굴은 밝게
비춰내고 있다. 농부와 큰 나무는 서로 다른 방향에서 빛을 받고 있는데, 이런 일은 자연계에서 있을
수 없다. 거기에 화가의 의도가 있다.

7월

11

자기 평가

큰 실수란?
자기를 실제 이상의 것으로 믿는 것,
자신의 가치를 실제보다 적게 평가하는 것.

《잠언과 성찰》

자신에 대한 과대평가도 과소평가도 확실히 실수이긴 하지만, 스스로 자기를 올바르게 평가하는 것만큼
어려운 일은 없다. 자기의 얼굴을 직접 볼 수는 없다. 타인의 눈에 비친 자신의 모습에서 자기를 알 수
밖에 없다.

6월

21

효과적인 대사

셰익스피어가 오로지 생각했던 것은
등장인물이 이 장면과 딱 맞는 효과적인
대사를 말하게 하는 것뿐이었다.
그것이 다른 장면과 모순되는지는
별로 신경도 쓰지 않았고,
계산도 하지 않았다.

에커만 《괴테와의 대화》

셰익스피어의 비극 《맥베스》를 둘러싸고, 맥베스 부인에게 아이가 있었는지가 논쟁의 대상이 되었다.
모순되는 대사가 몇 가지 있었기 때문이다. 사실보다 그 장면, 그 장면의 대사의 임팩트가 중요하다고
말한다.

10

과오에 관대

나이가 들면,
관대해지시오.
내가 목격하는 과오는,
모두 나 자신도 저지른 적이 있는
과오뿐이니.

《잠언과 성찰》

간통으로 붙잡힌 여자를 돌로 쳐 죽이라고 외치는 군중에게 예수가 "죄 없는 자가 먼저 돌을 던져라."
라고 하자 나이 많은 사람부터 그 자리를 떠나고 종국에는 아무도 남지 않게 되었다.

6월

22

멜랑콜리

섬세한 시는 무지개와 비슷해서,
어두운 대지 위에서만 생겨난다.
시인이 가진 재능의 배경에 있는 것은,
우울한 기질이다.

격언 시

멜랑콜리는 현대 의학에서는 '조울증'을 의미하고, 일상용어로는 '우울'로 번역된다. 젊었을 때 괴테
에게는 다분히 이런 경향이 있었던 것 같다. 그리고 자기 분석의 말이기도 하다.

09

마음속의 보물

내 주변에는 다양한 것이 모였는데,
모두 무언가를 가르쳐주는 것,
의미가 있는 것뿐이다.
그중에서도 최고는 마음속에
갖고 돌아갈 수 있는 것이다.
그것은 늘 성장하고, 늘 커질 수 있다.

《이탈리아 기행》

한 장의 명화를 빼앗을 수는 있어도 인간의 마음속에 각인된 것은 누구도 빼앗거나 없앨 수 없다. 괴테
에게 그런 것이야말로 이탈리아 기행, 최고의 선물이었다.

6월

23

시인

운명은 나에게 무엇을 바랐을까?
그것을 묻는 것은 주제넘은 짓일지도 모른다.
원래 운명은 사람에게 그리 많은 것을 바라지 않는다.
나를 시인으로 만들려고 했다면
그 의도는 실현되었을지 모른다.
언어라는 것이, 이다지도 벅찬 게 아니라면.

시 〈베네치아 경구〉

독일어로 Dichter, 즉 시인이라는 말에는 다른 나라에는 없는 자부심 넘치는 울림이 있다. 이 시를 썼던 마흔 살쯤 되면, '운명'은 이미 정해진 것 같지만 아직 자신은 시인이 되지 않았다는 것은 물론 겸손이다.

7월

08

미美

제우스여,
왜 나는 쉽게 변하나요?
미가 이렇게 묻자,
신은 대답했다.
쉽게 변하는 것만을,
나는 아름답게 만들었다.

시 〈사계-여름〉

미의 여신 비너스가 거품에서 탄생하는 모습이 보티첼리의 그림에 그려져 있다. 이는 미의 덧없음을
암시하고 있다. 미인박명이라고 하지만, 사실 미 그 자체의 생명이 짧은 것이다.

6월

24

모래시계

재판관의 앞쪽, 변호사에게 그다지 멀지 않은
작은 책상 위에 모래시계가 놓여 있었다.
모래시계가 무엇을 의미하는지 드디어 알게 됐다.
변호사가 이야기를 시작하자 그 모래시계는 세워졌고,
입을 다물자 옆으로 눕혀졌다. 변호사에게는
일정한 시간밖에 떠드는 시간이 허락되지 않았던 것이다.

《이탈리아 기행》

베네치아 재판소에서의 견문이다. 변호사의 발언 시간을 제한하기 위해 모래시계가 사용되었다는
귀중한 보고다. 19세기 말 베를린 중앙전화국에서는 통화 시간을 재기 위해 모래시계가 사용되었다고
한다.

07

엘도라도

릴리는 나와 결혼할 때 생길 이런저런 장애물을 듣고,
나에 대한 애정으로 모든 것을 내던지고
나와 함께 미국으로 갈 생각이라고 말했다고 한다.
그때 미국은 역경에 직면한 사람에게
엘도라도였다.

《시와 진실》

릴리 쇠네만과의 약혼이 그녀 아버지의 반대로 취소된 것은 1775년 가을로, 괴테가 스물여섯 살 때였다.
'엘도라도'는 남미에 있다는 황금이 가득한 이상향으로, 스페인 등에서 원정대가 파견되었다.

6월

25

행동과 의무

어떻게 자신을 알 수 있는가.
고찰로는 절대 가능하지 않고,
행동으로 비로소 알 수 있다.
자신의 의무를 다하고자 노력하라. 그렇게 하면,
자신에게 무엇이 갖춰져 있는지 바로 알 수 있다.
그럼 의무란 무엇인가. 그날그날의 요구다.

《빌헬름 마이스터의 편력시대》

자기가 무엇인지를 알고 싶다면 먼저 몸을 움직여야 한다. 달려보면 체력을 알 수 있다. 책을 읽으면
지력을 알 수 있다. 몸을 움직이면 동시에 뇌도 활동한다.

7월

06

미국으로

**우리가 20년만 젊었다면,
북아메리카를 향해 출항했겠지.**

비더만 《괴테 대화록》

3년간이나 유럽을 여행하고 있다는 보스턴 출신의 젊은 미국인이 괴테를 방문했다. 그 미국인에게 현대 최고의 시인이라는 칭찬을 듣고, 완전히 기분 좋았던 괴테가 한 말이다. 미국은 희망의 나라였다. 당시 괴테의 나이는 일흔이었다.

6월

26

후後지혜

전투가 끝나고 나서 비로소
전술을 깨닫는 게 세상의 이치다.
청춘도 인생 전반도 마찬가지다.

《시와 진실》

만사가 일단락된 후에 '그때 이렇게 했으면, 저렇게 했으면, 좋았을걸.' 하고 나오는 지혜를 후지혜라고
한다. 인생은 이런 뒤늦은 지혜의 연속이다.

7월

05

미국의 미래

이 젊은 나라 미국은 30년, 40년 정도 지나면,
서쪽으로 로키산맥 저편까지
국토를 넓혀 식민지로 삼을 것이다.
광대하고 안전한 항구가 있는 태평양 연안 일대에는
중요한 상업도시가 탄생하여,
중국이나 인도와 활발한 무역이
이루어지게 될 것이다.

에커만 《괴테와의 대화》

미국의 미래에 관해 괴테가 이렇게 예측한 것은 1827년이다. 캘리포니아에서 '골드러시'가 시작된 것은
1849년의 일이다. 괴테는 외국에서 온 방문자들에게 세계의 최신 정보를 얻었다.

6월

27

사랑하는 마음

한 사람을 사랑하는 마음으로
누군가를 미워한다는 것은 불가능합니다.
이 사랑의 부드러운 마음은,
증오를 떨쳐내는 것입니다.

《연인의 변덕》

누군가를 마음속 깊이 사랑하고 있으면 마음은 사랑의 감정으로 충만하고, 증오의 감정이 들어갈 여지가 없게 된다. 반대로, 마음이 증오로 가득 차 있으면 사랑하는 부드러운 마음이 쫓겨나게 된다.

7월

04

미국

**미국이여, 너는
우리의 오래된 대륙보다 훨씬 좋다.
무너진 성도 없다.**

시 〈미합중국〉

신세계 미국은 구세계 유럽 사람들에게 빛나는 미래의 나라, 유토피아였다. 1776년 이날, 미국은 영국
으로부터 독립했다. 괴테가 스물여섯 살 때의 일이었다.

6월

28

무보수

선을 행할 때는
순수하게 선에 대한
사랑으로 하라.

《서동시집》

1712년 이날, 루소 탄생. 루소도 "정의에 대한 가장 큰 상은 정의를 행한다고 느끼는 것이다."라고 말했다. 카를 힐티도 "선을 행할 수 있다는 것이 곧 선의 보수다."라고 말했다.

7월

의무

의무를 다해도,
항상 반드시 갚아야 할 마음의 빚이 남는다.
완전히 만족하기란 불가능하기 때문이다.

《잠언과 성찰》

완벽한 일을 할 수 있다면, 결국 일할 필요가 없어질지도 모른다. 불완전하기 때문에 매일 할 필요가
생긴다.

6월

29

선과 악

"선을 행하려면
아무것도 생각할 필요가 없습니다."
"아니, 생각할 필요가 대단히 있다.
선이 악을 낳을 때도 있다."

《타우리스 섬의 이피게니에》

제2차 세계대전 말기, 미국은 나치 독일의 악에 대항하기 위해 원자폭탄을 개발하고 일본에 투하했다.
전후 미소 핵무기 개발 경쟁으로, 선이었던 핵은 인류멸망의 위기를 초래했다. 이것은 역사의 최대
교훈이다.

7월

02

의무

당신의 의무는 무엇인가?
그것은 일상적인 요구다.

《잠언과 성찰》

피아니스트에게는 피아노를 치는 것이 '의무'다.

30

행복

나의 진짜 행복은,
시에 대해 이것저것 생각하고,
시를 쓰는 것에 있었다.

에커만 《괴테와의 대화》

여기서의 '시'에는 소설이나 희곡 등도 포함되는데, 괴테가 살았던 시대에는 전업 작가가 없었다.
그래서 먹고사는 일보다 시를 쓰는 시간이 행복했다고 한 것이다.

7월

01

행동

어떻게 하면 자기 자신을 알 수 있을까.
생각해봤자 헛수고다.
행동을 통해서만 가능하다.
당신의 의무를 다하라.
당신이 어떤 인간인지 바로 알 수 있다.

《잠언과 성찰》

그 사람이 어떤 사람인지를 보여주는 것은 일상적인 행동이다. 매일 그림을 그리는 것이 화가고,
피아노를 치는 것이 피아니스트다.

365 괴테 일력

발행일 초판 1쇄 발행 2024년 1월 25일 | **엮은이** 지식여행 편집부 | **디자인** 미래출판기획
펴낸이 신민식 | **만든이** 신지원 | **펴낸곳** 도서출판 지식여행
출판등록 제2010-000113호
주소 서울 마포구 토정로 222 한국출판콘텐츠센터 419호
전화 02-333-1122 | **팩스** 02-332-4111 | **이메일** editor@via-episteme.com
영업문의 휴먼스토리 070-4229-0621 | **인쇄·제본** 한국학술정보(주)

ISBN 978-8-6109-531-0 (00800)
값 19,000원
*잘못된 책은 구입처에서 바꿔 드립니다.
*이 책의 전부 또는 일부 내용을 재사용하려면 사전에 도서출판 지식여행의 동의를 받아야 합니다.